BoD Verlag

AF206358

Die Autorin

Daniela Bivour, geboren 1964, arbeitet seit vielen Jahren im
therapeutischen Bereich. Mit dem Schreiben begann für sie ein Weg, ihre
ganz persönliche Tragödie um den frühen Tod ihres Bruders und dem
damit verbundenen Zerfall ihrer Herkunftsfamilie zu verarbeiten.

Daniela Bivour

Der letzte Tag des René B.

BoD Verlag

Impressum:

Dieser Titel ist auch als E-Book erschienen

Für die Originalausgabe :

Copyright © 2018
Herstellung und Verlag BoD – Books on Dernand, Norderstedt
ISBN: 9783748129202

Vorwort

Diese Geschichte als Buch auf Papier habe ich zur Erinnerung an meinen Bruder geschrieben. Der Wunsch dazu entstand aus meiner tiefen Betroffenheit darüber, dass es nur 3 Menschen gibt die sich gut an ihn erinnern. Dazu gehören unsere Mutter, die zweite Ehefrau unseres Vaters und ich; andere Personen kannten ihn, erinnern sich jedoch nur vage oder gar nicht. Dazu kommt natürlich meine Verarbeitung dieser Tragödie, aus der meine Motivation und die Verpflichtung entstanden sind, jeden Tag meines Lebens zu leben so gut ich kann, auf gar keinen Fall aufzugeben, egal wie schwierig es sein mag.

Ich möchte sie stellvertretend auch Menschen widmen, denen es ähnlich erging und damit etwas schaffen, das bleibt. Denn Bücher benötigen keine Elektrizität. Wenn sie dann noch warm und trocken gehalten werden und von Feuer verschont bleiben, überleben sie alles. Sie sind deshalb für die Ewigkeit.

In erster Linie beschreibe ich einige Erinnerungen um sich vorzustellen, wie mein Bruder als Mensch gewesen ist. Manches mag sich unschlüssig anhören, vor allem für Leser die unsere Familiensituation nicht kannten.

Ursprünglich wollte ich gleich in die Geschichte einsteigen. Nachdem ich diese jedoch vorab einem kleinen Teil meiner Familie zu lesen gab und erfahren habe wie sie darüber denken und auf Grund der Fragen die sie mir stellten, bin ich jetzt anderer Meinung.

Auf die Frage eines Onkels weshalb ich erst jetzt schreibe antworte ich, weil es eher nicht möglich war. Persönliche und berufliche Entscheidungen bis zum völligen finanziellen Ruin brachten mich dazu, mehrmals neu anzufangen. Erst 2015 habe ich einen Ruhepol gefunden und kann seitdem meine innere Balance wieder herstellen. Dadurch habe ich zur nötigen Geduld und Liebe gefunden habe, um diese Zeilen schreiben zu können. Vorher wäre es ein einziges wütendes und enttäuschtes Durcheinander geworden. Außerdem steht mir erst jetzt genügend Geld zur Verfügung, um mein Andenken zu beenden. Es geht mir auch nicht um ein perfektes Buchprojekt. Kein Lektor hat je die Zeilen nach Grammatik, Rechtschreibung, Satzstellung oder meinen Schreibstil geprüft. Mir geht es darum, meine Erinnerung mit meinen Worten zu beschreiben. Deshalb bitte ich um Nachsicht für alle Fehlerteufel, die beim Lesen entdeckt werden.

Wir alle werden in diese Welt hineingeboren und niemand kann sich seine Eizelle aussuchen, auch wenn es Menschen gibt, die dazu eine andere Meinung haben, was jedoch nicht das Thema ist.

Als Familie waren wir nichts Besonderes und sie endet mit uns, weil wir keine Kinder haben. So wie es sich bei uns zugetragen hat, wiederholt sich häufig. Ich glaube, dass es viele Menschen weltweit gab, die ebenso ein einfaches unspektakuläres Leben gelebt haben, wie mein Bruder. Sie waren weder prominent noch auffällige Persönlichkeiten, bewältigten ihren Alltag so gut sie konnten, zurückhaltend, bescheiden ohne große Ansprüche an ihr Leben, zufrieden mit dem, was sie hatten, ohne Jammern oder Klagen. Sie gingen ihrer Arbeit nach, waren fleißig und zuverlässig, friedlich und ruhig, niemand interessierte sich für sie, schon gar nicht, wie ihre Kindheit, Jugend oder wie ihr Leben verlief. Nichts ist bekannt über ihre Freude, ihre Liebe, ihr Lachen, ihre Wünsche und Träume oder ihre Verzweiflung, ihre Tränen, ihren Kummer oder ihr Leid. Ungeachtet dessen passieren in jedem Leben unvorhergesehene Dinge, die Menschen komplett aus der Bahn werfen. Während die meisten es schaffen einen Weg ins Leben zurück zu finden, ist es für andere schier unmöglich. Wenn dann erschwerend hinzukommt, dass niemand unterstützend da ist, wird es noch schwerer für sie, es aus eigener Kraft zu schaffen. Dann passiert das, was meinem Bruder geschehen ist. Sie geben auf, ziehen sich zurück und nehmen nicht mehr am gesellschaftlichen Leben teil. Für sie gibt es kein Zurück mehr. Sie sterben so wie sie gelebt haben, einsam und unbemerkt und werden erst viel zu spät gefunden.

Ich betone, dass es meine Wahrheit ist, so wie ich unsere Familie erlebt habe und es kann sein, dass Menschen die uns kennenlernten, einige Erlebnisse anders wahrgenommen haben. Das unsere Eltern teilweise nicht so gut wegkommen, ist unbeabsichtigt, auch wenn es stellenweise anders klingen mag. Es ergab sich aus den Geschehnissen.

René war ein toller Bruder für mich und ein großartiger Mensch. Das ist meine Liebeserklärung als Schwester an ihn, nicht mehr und nicht weniger.

Kapitel 1

René lag allein in seiner kleiner Einzimmer Wohnung auf seinem Bett, dass sich schon so richtig durchgelegen anfühlte. Sein Bauch tat ihm weh, und sein ganzer Körper fühlte sich so richtig krank an. Er war unfähig, Hilfe zu holen oder jemanden anzurufen. Wen hätte er auch anrufen sollen?

Er hatte das Gefühl, dass die Welt sich seit der Maueröffnung vor zwölf Jahren mit einer Geschwindigkeit veränderte, mit der er nicht Schritt halten konnte.

Seit über zehn Jahren lebte er in einem neu entstandenen aber langweiligen und öden Stadtteil im Osten von Berlin. Seine gesamte Familie war weggezogen und er hatte das Gefühl, von allen verlassen worden zu sein.

Als Langzeitarbeitsloser war er mittlerweile schwer vermittelbar, eine Umschulung lehnte er ab. Die Schule und Lehrzeit waren schlimm genug. Er bezog kein Geld mehr vom Arbeitsamt, war nicht mehr krankenversichert, denn zum Sozialamt zu gehen, fehlte ihm die Kraft. Seine Zukunft war ungewiss, und Pläne für sein weiteres Leben gab es keine. Hatte er überhaupt jemals Pläne gehabt und an seine Zukunft gedacht? Er konnte sich an nichts erinnern und dachte darüber nach, wie es so weit mit ihm kommen konnte. Vom vielen Denken tat ihm schon der Kopf weh. Außerdem überfiel ihn eine so tiefe Müdigkeit, dass er langsam wegdämmerte und Worte seiner Schwester kamen ihm in den Sinn, die sie bei einem ihrer seltenen Besuche zu ihm sagte: „ Auf den Flügeln deiner Phantasie...".

Ja, sie hatte bestimmt Phantasie, denn schließlich arbeitet sie als Fitness Trainerin, gibt die unterschiedlichsten Kurse und sollte demnach welche haben, aber sicher war er sich nicht. Und dennoch kamen die Worte erneut in seinen Sinn „Auf den Flügeln deiner Phantasie", wiederholte sie und noch einmal und plötzlich hatte er das Gefühl zu träumen und sah sich als kleinen Junge auf dem Arm seiner Mutter, die ihm gerade einen Kuss auf die linke Wange gab.

In diesem Augenblick fühlte er sich wie in einem Kokon von so viel Liebe umhüllt, die ihm ein ganz winziges Lächeln auf seine Lippen zauberte. Er konnte sich gut an dieses Foto erinnern. Sein Vater hielt damals den Moment mit seiner Kamera fest.

In den Armen seiner Mutter fühlte er sich geborgen. Obwohl René kein Wunschkind war kümmerte sie sich rührend um ihn. Er war ihr erstes Kind und sie nannte ihn liebevoll „mein Kleiner". Wenn Gäste zu Besuch kamen, lächelte er friedlich und freundlich. Alle fanden, dass er mit seinen blonden Haaren und blaugrauen Augen ein süßer Junge war.

Von seinem Vater bekam er ab dem ersten Tag seiner Geburt die Strenge zu spüren, mit der dieser selbst erzogen worden war. Weinte René oder bewegte sich in seinem Bettchen unruhig hin und her, weil er Hunger hatte oder einfach Lebendigkeit zeigte, brüllte ihn sein Vater an oder schlug zu, damit er endlich Ruhe gab. Besonders schlimm war es, wenn der Vater trank. Seine Mutter stellte sich anfangs noch dazwischen, hörte jedoch irgendwann damit auf. Meistens weinte sie nur oder bekam selbst eine Ohrfeige. In seiner Kindheit hatte René sich deshalb so oft gewünscht, groß und stark zu sein, um seinem Vater widersprechen zu können. Aber weil er zu klein war, fühlte er sich ohnmächtig, um etwas zu sagen und war oft völlig erstarrt, unfähig sich zu wehren. Trotzdem liebte er seine Eltern. Das muss man doch, dachte er sich, denn schließlich wäre er ohne sie nicht auf der Welt. Außerdem kannte er es nicht anders. Für ihn war das alles normal. Und obwohl die Familie des Vaters im gleichen Haus wohnte, traute sich niemand einzuschreiten. Als er im Oktober 1963 geboren wurde, bewohnte die kleine Familie ein Zimmer mit einer großen Terrasse im Haus seines Großvater in einem kleinen Vorort im Süden von Berlin. Der Großvater hatte nach dem Tod seiner ersten Frau erneut geheiratet und lebte mit seiner zweiten Ehefrau ebenfalls dort. Es war ein großes Familienhaus, das sich auf zwei Etagen, eine Mansarde und einen großen Garten ausdehnte. Die Berliner Mauer war erst vor 2 Jahren gebaut worden und sein Vater erwähnte mehr als einmal, lieber im Westen der Stadt leben zu wollen und ließ durchblicken, dass ihm jedoch der Mut dazu fehlte, alles hinter sich zu lassen um dorthin auszureisen. Denn hier waren seine Familie, sein soziales Umfeld und seine Arbeit. Allerdings war es offensichtlich, dass ihn sein Leben nicht glücklich machte. Im selben Haus lebten auf der selben Etage 2 alte Damen. Eine dieser Damen hatte René von Anfang an ins Herz geschlossen und liebte ihn wie ihr eigenes Kind, dass sie nie hatte. Er nannte sie liebevoll Oma Mariechen. Wenn er sie besuchte, spielte sie mit ihm, erzählte Geschichten oder bereitete ihm „arme Ritter" aus Brötchen, Milch und Zucker zu. Das war eine seiner Lieblingsspeisen, ein einfaches Gericht, das ihm köstlich schmeckte. Durfte er über Nacht bleiben, schlief er neben ihr im Bett und fühlte sich sicher und geborgen. Als die Familie aus diesem Haus weg zog, besuchte er sie Zeit ihres Lebens.

Kapitel 2

Genau 17 Tage nach seinem 1. Geburtstag kam seine Schwester auf die
Welt, die vom Vater regelrecht vergöttert wurde und die auch er von
Anfang an liebte. Allerdings wurde es von nun an noch schwerer für ihn,
vor dem Vater Gnade zu finden. Wenn beide irgendetwas anstellten, etwas
in Scherben zerbrach oder sie die Ermahnungen der Eltern überhörten,
bekam René jedes Mal die Hand des Vaters zu spüren. Seine Schwester
hingegen wurde lediglich freundlich ermahnt. Obwohl René das ungerecht
fand, nahm er ihr das nie übel. Es gab Momente, in denen der Vater
freundlich zu ihm war, vor allem, wenn fremde Menschen dabei waren.
Denn nach außen lebte die Familie in Harmonie und Eintracht. Aber sobald
sie wieder daheim waren brauchte es nur eine Kleinigkeit, um den Vater
zum Ausrasten zu bringen.
Mit seiner Schwester verband er schöne Erinnerungen, vor allem die der
ersten Lebensjahre. Er besaß einige Fotos auf denen man sah, wie er sie
ständig im Schlepptau hatte. Seitdem sie laufen konnte, gefiel es ihm, sie
überall hinter sich her zu ziehen.

Er hörte noch heute, wie sie lachten und einfach zusammen Spaß hatten. Wann genau die Familie in die neue Wohnung zog, die einige Straßen entfernt lag, wusste er nicht mehr so genau. Dort bewohnte sie im Erdgeschoss eines Zweifamilienhauses 2 Zimmer mit Küche und einem Bad in der 1. Etage, das sie sich mit einem älteren Mann teilten, der auf dieser Etage lebte. René bewohnte mit der Schwester ein Zimmer und die Eltern hatten das andere. Dadurch waren die Wohnverhältnisse sehr beengt und kaum Privatsphäre gegeben. In den Sommermonaten war es etwas einfacher, weil sich bei schönem Wetter alle im Garten aufhielten, der zum Haus dazu gehörte und sich so aus dem Weg gehen konnten. Wenn René mit seiner Schwester oder anderen Kindern dort spielte, kletterten sie auf Bäume oder spielten mit Murmeln auf dem Weg vor dem Schuppen.

Seit einigen Tagen passierte hinten im Gartens etwas besonderes. Der Vater war damit beschäftigt, für die Kinder eine Schaukel aufzustellen, und René freute sich riesig darauf. Es war ein rotes Gerüst mit zwei Schaukeln die an langen Metallketten befestigt waren, wobei eine mit einem Holzsitz und die andere mit einer kleinen runden Holzstange endete. Während der Vater noch die letzten Handgriffe erledigte und jeweils eine kleine Kuhle im Sand unter den Schaukeln ausbuddelte, kletterte René bereits auf einen Sitz und fing langsam an, sich in die Lüfte zu bewegen. „Komm, schubs mich an, damit ich höher fliegen kann" rief er seiner Schwester zu, die es nur widerwillig tat, denn sie wollte auch lieber schaukeln. Als der Vater fertig war und auch die andere Seite der Schaukel frei gab, flogen beide Kinder um die Wette in die Höhe. Der Vater gab ihnen immer wieder einen Schubs und René rief: „ Höher, höher, ich will höher fliegen" und der Vater tat sein Bestes, ermahnte ihn jedoch zur Vorsicht, dass sich die Ketten verheddern oder er sich überschlagen könnte, wenn er es übertreibe. René genoss es einfach nur hoch zu fliegen und fühlte sich wie in einem Rausch.

Die Familie wurde etwas größer, weil sich eine Katze zu ihnen gesellte und von allen Japka genannt wurde.

An einem Nachmittag im Mai kam René in sein Zimmer und sah Japka unter seiner Bettdecke verschwinden. Er fragte sich, was sie dort wohl machte, schlich sich ganz langsam heran und hob ein wenig die Bettdecke an. Aufgeregt lief er zu seiner Mutter und rief: „ Mama, komm schnell. Japka hat Babys bekommen, die alle in meinem Bett liegen". Seine Mutter und Schwester folgten ihm und gemeinsam sahen sie sich die Kätzchen an. „So, jetzt lassen wir alle in Ruhe und schauen nachher noch einmal nach ihnen" sagte die Mutter nach einer Weile und legte die Bettdecke zurück. Aber René schaute am diesem Nachmittag noch oft nach ihnen, bis Japka der Rummel zu viel wurde und sie ein Katzenbaby nach dem anderen in die Kiste im Keller trug, die die Mutter vor Tagen bereitgestellt hatte. Als der Vater von der Arbeit nach Hause kam, erzählte ihm René von den neuen Bewohnern. Am nächsten Morgen trat er an die Kiste heran, aber von den fünf Katzenbabys waren nur noch zwei vorhanden. Er fragte den Vater: „Was ist mit den anderen geschehen?" Der Vater erklärte ihm, dass sie nicht alle behalten können. Er deutete an, ihnen den Hals umgedreht und sie verscharrt zu haben. Darüber waren René und seine Schwester sehr traurig. Sie mussten jedoch mit der Realität schnell zurechtkommen, denn der Vater ließ keinen Raum für Sentimentalität. Die beiden übrigen Katzen wurden nach einigen Wochen verschenkt.

Japka blieb der Familie lange treu. Sie begleitete meistens jeden bis zur

Bushaltestelle oder zum Ende des Ackers, der gegenüber des Hauses begann und nach hundert Meter an einer Kreuzung von zwei größeren Straßen endete. Dann drehte sie wieder um und wenn die Familie heim kam, begrüßte sie jeden Einzelnen. So verbrachte sie ihre Zeit, bis sie eines Tages nicht mehr kam. Die Mutter vermutete, dass sie überfahren worden war oder jemand sie mitgenommen hatte, weil sie sehr zutraulich war.

Eines Tages brachten die Eltern zwei Kaninchen, ein graues und ein schwarzes, mit nach Hause. „Mit gehört das Schwarze" rief René und seine Schwester bekam das graue Kaninchen. Sie halfen dem Vater ein Gatter für die neuen Mitbewohner zu bauen. „Ihr müsst euch selbst um sie kümmern" sagte er. Beide bemühten sich dem gerecht zu werden. Sie brachten Karotten und Heu zum Käfig, sammelten Löwenzahn, streichelten sie und knuddelten mit ihnen. Als die Familie einige Zeit später nach Berlin umzog, konnten René sich nicht mehr daran erinnern, was mit ihnen passiert war.

Beide Eltern waren berufstätig. Daher mussten René und seine Schwester schon sehr früh in den Kindergarten. Der Vater arbeitete als Elektriker in Berlin und hatte stets einen weiten Anfahrtsweg. Die Mutter arbeitete als Verkäuferin in dem kleinen Lebensmittelladen, der am Ende einer Fußgängerbrücke lag, die die Gleise der Hauptzugverbindung von Berlin nach Brandenburg überquerte. In den ersten Jahren begleiteten die Kinder ihre Mutter schon zeitig am Morgen. Sie nahm beide auf dem Fahrrad mit, eines vorn auf dem Kindersitz und das andere hinten. Im Winter gab es wegen der Glätte auf den Straßen den einen oder anderen Sturz, bei denen jedoch niemand zu Schaden kam. Lediglich ein paar Milchflaschen gingen zu Bruch.

Von Anfang an trugen René und seine Schwester den Wohnungsschlüssel an einem Band um den Hals. Das war praktischer für die Eltern, weil beide lange arbeiteten und niemand daheim war, wenn die Kinder vom Kindergarten oder der Schule kamen. Durch den Schlüssel waren sie unabhängig und konnten sich alleine in die Wohnung begeben. Um in den Kindergarten und später auch in die Schule zu kommen, überquerten sie täglich die Fußgängerbrücke. „Wir müssen uns nicht beeilen" sagte René zu seiner Schwester und schlug vor, als sie die Mitte der Brücke erreicht hatten: „Komm lass uns Schlüssel baumeln spielen". Beide nahmen jeweils das Band mit den Schlüsseln von ihrem Hals ab, lehnten sich über das Brückengeländer und ließen sie am Zeigefinger baumeln. „Meiner schaukelt besser" rief er und sie: „ Nein, meiner" und schrie plötzlich: „Oh je, mein Schlüssel ist hinab gefallen" und er: „Vor Schreck ist meiner auch runter gefallen". Sie sahen von oben auf die Gleise hinab. „ Wer geht runter?" fragte ihn seine Schwester und fügte hinzu „Ich traue mich nicht". René meinte nur: „ Wir gehen beide die Schlüssel holen. Komm, es passiert schon nichts." Also rutschten sie die Böschung langsam hinab, schauten nach rechts und links, ob kein Zug angefahren kam. Sie betraten das Gleis, rannten zu den Schlüsseln, hoben sie auf und kletterten mühselig die Böschung wieder hinauf. Es blieb nicht bei diesem einen Mal, bei dem ihre Schlüssel im Gleisbett landeten, denn sie hatten Gefallen an dieser kleinen Mutprobe gefunden. Natürlich erfuhr ihre Mutter immer durch Anwohner davon und zu Hause erlebten beide dann ein Donnerwetter. Trotzdem ließen sie es nicht sein, es machte einfach zu viel Spaß.

Kapitel 3

1970 wurden René und seine Schwester in die einzige Grundschule des kleinen Vorortes eingeschult. Auf Grund der körperlichen Misshandlungen war René körperlich und geistig in seiner Entwicklung verzögert. Er wuchs langsamer, brauchte länger um neue Dinge zu lernen. Außerdem hatte er ein Problem mit seinem Herz und musste regelmäßig in einem Berliner Krankenhaus untersucht werden. So kam er, obwohl ein Jahr älter aber kleiner als seine Schwester, in die Klasse 1A und sie in die 1 B. Bei der Einschulung sah René aus wie ein kleiner Professor. Er trug eine schwarze Hose und passende Schuhe, ein weißes Hemd mit einer schmalen dunkelgrünen Lederkrawatte, darüber ein schwarz grün grau kariertes Sakko. Seit geraumer Zeit hatte er eine Brille, die seinen Look abrundete.

Auf seinem Rücken trug er einen braunen Schulranzen mit neuen Stiften und Schreibheften, die in bunte Schutzhüllen eingeschlagen waren. Seine große Schultüte mit Motiven von Max und Moritz, die fast so groß war wie er selbst, hielt er mit beiden Händen fest an seinen Bauch gepresst.

René ging gerne in die Schule, das Lernen machte ihm Spaß, obwohl er mehr Zeit als andere für so manche Aufgabe brauchte. Glücklicherweise konnte ihm in dieser kleinen Schule genügend Zeit zu Verfügung gestellt werden. Leider waren seine Leistungen für seinen Vater nie genug. Er maß ihn immer an denen seiner Schwester. Sie war gut in der Schule, hatte keine Mühe und brachte sehr gute Noten in allen Fächern mit nach Hause. Der Vater machte keinen Hehl daraus, dass er sich die Leistungen seines Sohnes ähnlich vorstellt hatte.

An einem Nachmittag als die Schule aus war, ging René langsam nach Hause und hatte ein mulmiges Gefühl im Bauch. Wieder einmal hatte er in einem Test eine schlechte Note bekommen und musste bis zum nächsten Morgen die Unterschrift eines Elternteils der Lehrerin vorlegen. Er hoffte, dass sein Vater noch schliefe, weil er in jener Woche nachts arbeitete. Leider hatte er Pech, denn dieser wartete bereits auf ihn und war übel gelaunt, weil ihn irgendetwas vorzeitig aufgeweckt hatte. „Na, was bringst du heute wieder für eine schlechte Note heim?" begrüßte ihn der Vater. Langsam setzte René seinen Schulranzen ab, öffnete ihn, zog das Heft aus der Tasche und gab es ihm. Kaum dass der Vater es aufgeschlagen hatte, schlug er ihm mit einer Hand auf den Hinterkopf und fügte boshaft dazu: „Wie du weißt, erhöht ein leichtes Klopfen auf den Hinterkopf das Denkvermögen."
René empfand dieses „leichte Klopfen" schon als richtig wuchtigen Schlag

und hatte Mühe, gerade stehen zu bleiben. Er ahnte, dass sich sein Vater darüber keine Gedanken machte. Als er weinte, bekam er von ihm noch eine Backpfeife mit dem Hinweis „Jetzt weißt du wenigstens warum du weinst" und schlich in sein Zimmer, fühlte sich gedemütigt und hilflos. Er wünschte sich nichts mehr, als dass sein Vater endlich sein Herz für ihn öffnete, ihn als eigenständigen Menschen sähe, nicht mehr mit anderen vergleichen und anerkennen würde, wie viel Mühe er sich täglich in der Schule gab.

Durch die Demütigungen und Attacken seines Vaters wurde er noch zurückhaltender, kam nur aus sich heraus, wenn er sich wohl fühlte. Aber er gab die Hoffnung nicht auf und kämpfte jeden Tag um dessen Liebe.

Kapitel 4

Vielleicht wäre alles anders für ihn genommen, wenn die Familie vor den Toren Berlins hätte bleiben können.

Mit dem Beginn der Schule versuchten die Eltern, eine größere Wohnung zu bekommen. In dem Vorort war es wegen des knappen Wohnungsangebotes nicht möglich und deshalb meldeten sie die Familie bei einer Wohnungsbau-Gesellschaft in Berlin Köpenick an. Dieser Teil von Berlin ist vor allem bekannt geworden durch den Hauptmann von Köpenick und liegt in einer wunderschönen wald- und seenreichen Umgebung. Mit Beginn der 2. Klasse zog die Familie in die mehr als 4 km lange Wendenschloßstraße um, die an der Salvador Allende Straße beginnt und in deren Umkreis ein neues Wohngebiet mit kleineren und größeren Wohnblocks entstanden war. Die neue Wohnung lag in der 2. Etage eines 11 Stockwerk hohen Hauses, aufgeteilt in 4 Zimmer. Dazu eine praktische Einbauküche mit einer kleinen Durchreiche zum Wohnzimmer und das neue Zuhause war mit Zentralheizung und fließend warmen Wasser modern und komfortabel. Beide Kinder bekamen ihre eigenen Zimmer, die mit neuen Möbeln eingerichtet wurden. Der neueste Schrei waren damals teure weiße Jugendzimmer die für Jungen mit einer grünen Front an den Schranktüren und Vorder- sowie Rückseite der schmalen Betten und in orange für Mädchen ausgekleidet waren. Der große Einbauschrank im Schlafzimmer der Eltern gehörte bereits zur Einrichtung, so dass es nicht mehr viele weitere Möbel dazu brauchte. Im Wohnzimmer wurde das schöne mahagonifarbene Ensemble aufgestellt, bestehend aus einer Vitrine, einer Anrichte, 2 grün-weiß gemusterten Sesseln und einem kleinen Tisch, mit dem der Vater bereits in seiner Wohnung eingerichtet war, als die Mutter zu ihm zog.

Ein ausziehbarer Esstisch mit 4 Stühlen ergänzte die Einrichtung. In dem schwarz-weiß Fernseher auf der Anrichte, konnten 5 Programme gesehen werden: erstes und 2tes ostdeutsches und 1., 2. und 3. westdeutsches Programm. Abends sahen sie in den ersten Jahren nur den im ersten ostdeutschen Fernsehen und später auch den im westdeutschen Programm ausgestrahlten Sandmann. Im Osten Deutschlands war von offizieller Seite Westfernsehen verboten. Darum durften sie in der Schule auf gar keinen Fall erzählen, wenn eine Sendung im verbotenen Programm geschaut worden war. Samstagnachmittag war Märchenstunde, zu der beide Geschwister gespannt vor dem Bildschirm saßen. Wenn russische Märchen gesendet wurden, begannen die Filme immer mit dem Bild eines Holzhauses. Dort öffnete sich ein Fenster und eine Babuschka (russisch für Oma), bekleidet mit einem Kopftuch und einem weiten geblümten Kleid, lehnte sich freundlich lächelnd hinaus und kündigte den Film an. Legendär waren die Samstage wenn Fußball gesendet wurde. Der Vater heizte dann seiner Mannschaft dem 1. FC Union Berlin so richtig ein und wenn ein Tor fiel, jubelte er laut über deren Erfolg. Der Rest der Familie erschrak. Genauso laut wurde er jedoch leider auch, wenn kein Tor fiel. Danach ging man ihm lieber aus dem Weg. Bei Heimspielen war er gelegentlich auf der Tribüne im Stadion an der Alten Försterei anzutreffen, zu denen er bis auf ein einziges Mal keines seiner Kinder mitnahm. Denn nach den Spielen ging er in seine Stammkneipe und kam danach meistens spät und betrunken nach Hause.

Wenn Samstagabends eine Revue wie z.B. „ein Kessel Buntes" gesendet wurde, saß die Familie oft gemeinsam vor dem Fernseher. Manchmal blieb der Fernseher auch aus und sie spielten Kartenspiele wie Rommé, Mau Mau oder Mensch ärgere dich nicht. Seine Schwester ärgerte sich immer besonders, wenn sie verlor und alle machten sich lustig.

Ein Vorteil des neu entstandenen und Jahr für Jahr wachsenden Wohnviertels, waren die vielen Kinder. Die meisten gingen in eine der zwei nebeneinander liegenden Oberschulen mit Namen Salvador Allende oder Pablo Neruda. René wurde in die Klasse 2A und seine Schwester in die 2B der Pablo Neruda OS umgeschult. Für seine schulischen Leistungen war die Größe der Klasse mit über 30 Kindern der Untergang. Er kam nicht mehr mit und blieb mit seinen Leistungen weit hinter den Anderen zurück. Daher langweilte er sich im Unterricht, störte diesen und fast jede Woche stand dies auch in seinem Hausaufgabenheft. Meistens versuchte er, nur seiner Mutter das Heft zu zeigen; aber wenn sein Vater wieder ganz besonders schlecht drauf war, ließ er beide Kinder antreten und sah sich alle Schulhefte an.
Was hat er diesen Jungen verprügelt! Selten war ihm etwas Recht.

René besah sich die Striemen an seinem Körper, seinen Beinen und an den Unterarmen. Er hatte versucht, die Schläge abzuwehren. Sein Vater trug seit neuestem diese schwarzen Gummilatschen mit einer grüner Lasche und schlug damit heftig zu. Leider schritt seine Mutter nicht ein, und auch seine Schwester konnte ihm nicht helfen. Sie stand wie immer weinend in der Nähe, nicht wissend, was sie tun sollte. René floh in sein Zimmer und war sich sicher, wenn er wieder herauskommen würde, würde sich der Vater wieder beruhigt haben und alles ginge wieder seinen normalen Gang, als wäre nichts geschehen. Er verstand nicht, weshalb sich sein Vater nach außen freundlich und umgänglich zeigte, daheim jedoch seinen Sohn misshandelte und die Familie tyrannisierte.

Kapitel 5

Jedes Jahr in den Sommerferien fuhren René und seine Schwester,
familiär bedingt, bis zum 10. oder 11. Lebensjahr für 3 von den 8 Wochen
in ein Kinderferienlager außerhalb von Berlin. Die Eltern hatten lediglich 3
Wochen Urlaub im Jahr zur Verfügung. Jedes mal wenn sie am Treffpunkt
waren und sich von den Eltern verabschiedeten, kamen ihm und auch
seiner Schwester die Tränen. Während die meisten Kinder sich auf die Zeit
freuten, hassten es die beiden. Sobald sie jedoch dort angekommen
waren, fanden sie sich schnell zurecht und verbrachten eine angenehme
Zeit. Noch Jahre danach nahm er den Geruch des Speisesaal wahr, eine
Mischung aus Bohnerwachs und Essensgerüchen aus der Küche. Er
erinnerte sich an schöne entspannte Tage, die lediglich durch einige
Hänseleien anderer Kindern unterbrochen wurden. Bei einem Neptun Fest
taufte ihn „Neptun" auf den Namen Beethoven, weil er auf andere
Menschen wirkte, als ob er ständig über irgendetwas nachsinne.
Außerdem pendelte er beim Gehen leicht von rechts nach links, führte Tag
und Nacht Selbstgespräche, wobei er gelegentlich herzhaft loslachte über
das, was er erlebt hatte und sich selbst nochmals erzählte. Abends im Bett
schaukelte er sich von einer Seite auf die andere in den Schlaf.
Normalerweise blieben seine Eigenheiten innerhalb der Familie, doch jedes
Kind schlief in einem der großen Schlafsäle mit mehreren anderen Kindern
zusammen und deshalb bekam jedes alles mit.

Nun, ihn störte das nicht. Und weil er ein ruhiger und geduldiger Mensch
war, nahm er sein Schicksal an und machte weiter wie bisher.
Die Tage waren geprägt von vielen Unternehmungen. Die Kinder gingen
wandern, baden im See, unternahmen Ausflüge, spielten Federball oder

Tischtennis und studierten Theaterstücke ein, die an einem Freitag- oder Samstagabend vor der Disco aufgeführt wurden. Zur Schlafenszeit waren deshalb die Aufregung über das Erlebte noch lange zu spüren. Einige Kinder brauchten deshalb ewig um sich zu beruhigen. Wenn es gar nicht ging, mussten sie aufstehen und draußen vor der Unterkunft auf der großen Wiese einzeln an einem der Bäume stehen, bis sie endlich müde waren und schlafen konnten.

Viele Unternehmungen wiederholten sich, wie auch die übliche Nachtwanderung, vor der sich leider niemand drücken konnte. Also stand René wie alle anderen müden Kinder in der Nacht auf, suchte seine Gruppe und den Gruppenleitern, die den Anfang und den Schluss der kleinen Schar bildeten und aufpassten, dass niemand verloren ging. Wenn sie eine Weile der Straße gefolgt waren, ging es in einen Wald. Und wirklich immer kam irgendjemand hinter einem Baum hervorgeschossen, um die Kinder zu erschrecken. Und auch wenn René wusste was passieren würde, erschrak er jedes Mal erneut.
Eine Mutprobe zu bestehen war, wie in den Jahren zuvor, ein fester Bestandteil. An eine konnte er sich besonders gut erinnern. Alle Kinder und die Gruppenleiter versammelten sich am Wegesrand vor einem Weg, der über eine Wiese führte und nach ca. 100 oder 150 Metern an einem Wald endete. Diese Wiese mussten alle Kinder einzeln im Abstand von 30 - 40 Meter überqueren und wurde dann am Wald in Empfang genommen. Die meisten Kinder nahmen es einfach hin, für andere war es ein Abenteuer und wieder andere fanden es richtig schrecklich.

Renés Schwester sagte seit dieser Zeit, das diese Erlebnisse für sie traumatisch waren. Noch immer erschrecke sie sich, wenn irgendjemand einfach so neben ihr auftauche. Für ihn selbst waren es lediglich überflüssige Erlebnisse, denn er war der Meinung genug Aufregung in seinem Leben zu haben. Nur manchmal erschreckte er daheim gerne seine Schwester, wenn sie aus dem Bad kam. Dann stand er neben der Tür, die nach innen aufging, preschte hervor und empfand es als Mordsspaß, wenn sie aufschrie. Aber auch das nur so lange, bis sie den Spieß umdrehte und ihn erschreckte wenn er aus dem Bad kam. Irgendwann ließen sie es beide sein.

Wenn die Zeit im Kinderferienlager vorbei war und sie endlich wieder nach Hause durften, verbrachten er und seine Schwester die restlichen Ferien damit in der Spree zu baden, einfach nur zu faulenzen oder mit anderen Kindern zu spielen. Von denen traf man immer jemanden auf der Straße. Das war ein großer Vorteil in dieser Neubausiedlung. Deshalb kam selten Langeweile auf.

Kapitel 6

Im Sommer 1968 verbrachte die Familie einen Urlaub auf der Insel Rügen, von der die Mutter ursprünglich stammte. Sie wurde in Sassnitz geboren und lebte bis zu ihrem Wegzug in Bergen, dem zentralen Hauptort der Insel. Weil die Familie damals kein Auto besaß, fuhren sie mit dem Zug. Sobald alle gemütlich im Abteil saßen, wurde das von der Mutter zubereitete Picknick ausgepackt und gegessen. René saß am Fenster und liebte die Schnelligkeit, mit der die Welt an ihm vorbei flog; er fand es spannend über den Rügendamm zu fahren und rechts und links das Wasser zu sehen.

Für den Aufenthalt hatten die Eltern einen Bungalow angemietet, an den ein kleiner Garten angrenzte. Gemeinsam mit seiner Schwester spielte er dort oder verbrachte mit der Familie viele Stunden an einem der feinsandigen Badestränden. Er baute Burgen mit seinem kleinen Plastikspaten den er immer dabei hatte, spürte die Sonne, plantschte im Wasser und war total in seinem Element.

Nebenbei lernte er etwas schwimmen und hatte einfach Spaß. Außerdem besuchten sie dort ihre Oma, die Mutter ihrer Mutter. Die in einem alten Haus eine kleine Wohnung bewohnte, zu der eine sehr steile Stiege führte. Bei den Besuchen musste er sich richtig anstrengen unbeschadet hoch und wieder runter zu steigen.
Weitere Urlaube verbrachte die Familie im Thüringer Wald und im Harz. Natürlich durfte eine Fahrt mit der Schmalspurbahn nach Wernigerode, zum Brocken oder nach Quedlinburg nicht fehlen. Seine Schwester und er kauften sich von ihrem Taschengeld je einen Wanderstock aus Holz und

ein Aluminiumschilde mit einem Bild von verschiedenen Ort in den sie kamen, welches am Stock befestigt wurde.

Leider gibt es seinen Stock schon lange nicht mehr, denn mit jedem Umzug trennte er sich von persönlichen Dingen, die ihm wie Ballast erschienen. Lediglich einige Fotos bewahrte er wie einen Schatz auf.

Kapitel 7

Mit einem Foto verband er seine schönste Erinnerung. Es war in seinen
Sommerferien 1973 oder 1974, als seine Mutter mitten in der Woche
einen Hausarbeitstag genommen hatte. Diesen einen bezahlten freien Tag
erhielten seit 1952 alle verheirateten Frauen einmal im Monat, wie ihm
seine Mutter erklärte. Normalerweise erledigte sie anfallende Arbeiten im
Haushalt oder kümmerte sich um Familienangelegenheiten, jedoch nicht
an diesem einen Tag. Die Mutter fragte ihn ganz überraschend: „Wollen
wir heute in den Tierpark gehen?". Mit den Worten "Das wäre super"
stürmte er in sein Zimmer, zog sein weißes Lieblingsshirt aus dem
Schrank und seine schwarz-blau karierte Hose vom Bügel. Er wollte auf
jeden Fall schick aussehen!
Noch nie hatte er einen ganzen Tag allein mit seiner Mutter im Berliner
Tierpark in Friedrichsfelde verbracht. Er freute sich außerdem sehr darauf,
sie einmal nicht mit seiner Schwester teilen zu müssen.
Um dorthin zu gelangen, fuhren sie erst mit dem Bus, dann mit der
Berliner S-Bahn und zuletzt noch einige Stationen mit der Straßenbahn.
René liebte es in diesem weitläufigen Gelände herumzulaufen und Tiere
anzuschauen. Jedes Jahr kamen neue dazu. Zuerst zog er seine Mutter ins
Schlangenhaus, anschließend sahen sie sich Flamingos und Eulen,
Papageien sowie andere seltene Vögel in Volieren an. Sie besuchten auch
die Freisichtgehege mit kleinen und großen Äffchen und Wildtiere wie
Giraffen oder Elefanten. Natürlich schauten sie bei den Braunbären in der
Felsenanlage sowie im fremdartig riechenden Alfred-Brehm-Haus vorbei,
das in seinem Geburtsjahr eröffnet worden war und viele Arten von
Wildkatzen beherbergte. "Sieh mal Mama". René wies mit dem Finger auf
eine Fototafel. „Dort kann ich ein Foto mit einem Löwenbaby machen

lassen". Seine Mutter fand auch, dass es eine schöne Idee war.

Gemeinsam stellten sie sich in die lange Schlange der wartenden Kinder und ihrer Eltern an. Als er an der Reihe war, konnte jeder sehen wie stolz und besonders er sich fühlte.

Auch wenn es nur ein kurzer Moment mit dem kleinen Löwen war, vergaß er niemals dieses tolle Gefühl. Aufgeregt berichtete er seiner Mutter: „Weißt du Mama, der Löwe war weich und warm, roch nach Katze und er gab kleine Laute von sich. Bestimmt ist er müde und ihm der ganze Rummel zu viel." Die Mutter lächelte: „ Hast du gesehen, dass noch zwei weitere Löwenbabys im Korb lagen und sie immer im Wechsel an das jeweilige Kind zum photographieren gereicht worden waren?" „ Nein, das hatte ich nicht gesehen. Ich bin aber froh, dass es mehrere gab. Es wäre auch viel zu viel für einen Löwen gewesen." Er fügte hinzu: "Aber schön war es!" René achtete darauf, das Foto sorgfältig in der Tasche seiner Mutter zu verstauen. Als er es daheim stolz seiner Schwester präsentierte, reagierte diese sehr ungehalten und war ziemlich eifersüchtig. Sie hätte auch gerne ein solches Foto gehabt.

Kapitel 8

Heute war ein großer Tag. René hüpfte aufgeregt herum. Er würde zum ersten Mal mit einem richtigen Flugzeug fliegen. Vier Modellflugzeuge standen bereits im Regal seines Zimmers, die er selbst zusammengebaut hatte. Die Mutter arbeitete nämlich seit einigen Jahren in der Datenverarbeitung einer Fluggesellschaft und hatte sie ihm geschenkt. Nun ergab sich für die Familie die Möglichkeit durch einen Betriebsausflug ihrer Abteilung, mit einem Flugzeug zu fliegen.

Er erinnerte sich noch gut daran als sie vor einigen Wochen nach Hause kam und sehr geheimnisvoll tat. Wie immer lief er ihr entgegen und suchte in ihrer Einkaufstasche nach einem Mitbringsel. „Was hast du mir mitgebracht?" Lächelnd antwortete sie: „ Nichts, was du essen oder mit dem du spielen könntest. Gedulde dich bitte noch bis zum Abendessen". „Bekomme ich einen kleinen Hinweis?" bat er „Es hat mit Flugzeugen zu tun". „Hmm, das kann viel bedeuten". „Es dauert nicht mehr lange. Dann sind alle zusammen und ich brauche es nicht jedem einzelnen mitzuteilen". Das sah er ein und sie schlug ihm vor: „ Beginne doch schon den Tisch zu decken, dann vergeht die Zeit schneller".

Als die Familie dann beisammen saß, lüftete sie das Geheimnis von dem bevorstehenden Ereignis. René sprang vor Freude von seinem Stuhl auf. Er lief aufgeregt durch die Wohnung und jubelte laut: „Den Tag streiche ich in meinem Kalender schon mal rot an" und schaute täglich darauf, bis es endlich so weit war. Noch vor dem Klingeln seines Weckers wachte er an dem langersehnten Tag auf. Laut rufend: "Alle aufstehen" raste er ins Schlafzimmer der Eltern, zu seiner Schwester, ging ins Bad und war in Null Komma nix fertig angezogen und mit geputzten Zähnen startklar. Nach einem gemeinsamen Frühstück brach die Familie zu ihrem besonderen Tag auf. Sie fuhren mit dem Bus, der Straßenbahn und der S-Bahn zum Flughafen. Dort hatten sich bereits die Kollegen mit ihren Familien vor dem Schalter zum Einchecken versammelt.

Die Tür zum Rollfeld wurde geöffnet und während die Gruppe den gelb gekennzeichneten Weg zum Flugzeug ging, wäre René am liebsten los-gerannt. „Ich will alles sehen" jubelte er. Seine Mutter hielt ihn jedoch fest an der Hand, so dass kein Entkommen möglich war und gebot streng: „Du musst bei mir bleiben". Dazu erklärte sie ihm: „ Es ist zu gefährlich, unter dem Flugzeug umher zu laufen." René fügte sich, sah sich aber alles ganz genau an. Er wusste, dass das Flugzeug liebevoll Ente genannt wurde und ca. 40 Passagieren Platz bot.

Die Familie nahm ihre Sitzplätze ein und es war klar, dass René am Fenster sitzen durfte. Während seine Mutter ihm half, den Gurt einzustellen, sah er in die kleine Tasche hinter dem Sitz des Vordermanns, schaute aus dem Fenster, hörte die Stimme des Kapitäns und rief aufgeregt: „Jetzt geht's los". Eine Stewardess ging durch die Reihen, um sich zu vergewissern, dass alle Passagiere angeschnallt waren. Eine andere bot sogenannte Startbonbons an, die in verschiedenen Farben, auf einem silbernen Tablett verteilt lagen. René fragte sie: "Wozu gibt es jetzt diese Bonbons?" Die Stewardess erklärte, dass er durch das Lutschen besser durch die Startphase kommen und seine Ohren frei bleiben würden. Mit den Worten: „Na mal sehen, ob das stimmt" nahm er sich ein Rotes. Er lutschte fleißig und tatsächlich behielt sie Recht.

Während des Fluges schaute er begeistert aus dem Fenster und in Abständen kam immer mal wieder ein „Mama, schau mal hier!" oder „Sieh mal da!".

Nach ca. 40 Minuten landete das kleine Flugzeug auf einem Flugplatz bei Dresden. Ein Bus samt Reiseleiter wartete schon auf die Gruppe. Er brachte alle Teilnehmer nach Bad Schandau, einem Ort in der sächsischen Schweiz. Von dort wurde zu einer Wanderung durch einen kleinen Teil des Elbsandsteingebirges aufgebrochen.

René rannte mit seiner Schwester und den anderen Kindern voraus; sie betraten kleine Höhlen, sammelten Steine und fanden Stöcke, die sie zu Gehstöcke umfunktionieren konnten. Auf dem Weg kamen sie an dem ungefähr 100 Meter hohen freistehenden Sandsteinfelsen Falkenstein vorbei. René stand davor und war beeindruckt: „Der ist aber hoch". Mit offenem Mund und großen Augen sah er Erwachsenen zu, die mit ihrer Ausrüstung an verschiedenen Stellen des Felsens emporkletterten.

Der Reiseleiter erklärte zudem, dass auf diesem Felsen früher eine Burgwarte aus Holz gestanden hatte, von der noch heute in Fels geschlagene Balkenlager oder Stufen zu sehen waren.

Natürlich begann René mit den anderen Kinder danach zu suchen und sie fanden tatsächlich noch Überreste aus vergangenen Zeiten. Weiter ging es auf einsamen Wegen durch Schluchten und wunderschöne Wälder. Stunden später erreichten alle Teilnehmer wohlbehalten den Treffpunkt und fuhren nach einem gemeinsamen frühen Abendessen mit dem Bus zurück zum Fluglatz. Der Weg führte sie an der Festung Königstein vorbei, von der René lediglich einen kleinen Teil sehen konnte, als der Reiseleiter sie darauf aufmerksam machte. Ein Tag war leider zu wenig um alles zu entdecken. Aber das Lied „Auf der Festung Königstein" wurde ein

Ohrwurm für ihn. Er sang mit den anderen im Bus immer wieder einige der vielen Strophen. In der Schule hatte er bereits gelernt, dass dieses Lied von den Berufen erzählte, die von den Soldaten die dort arbeiteten, beherrscht werden mussten um langen Belagerungen Stand zu halten.

Für den Reiseleiter wurde während der Busfahrt ein kleiner Obolus gesammelt. Er hatte seine Arbeit wirklich gut gemacht, denn mit vielen Geschichten, Anekdoten und Empfehlungen hatte er für einen rundum gelungenen Tag und für zufriedene Gäste gesorgt. Bald darauf saßen alle wieder im Flugzeug und eine Stewardess ging erneut mit dem kleinen Silbertablett durch die Reihen und verteilte wieder Startbonbons. René nahm sich diesmal ein Gelbes. Er bekam jedoch vor Müdigkeit vom Start nichts mit und war sofort eingeschlafen.

Wie er später nach Hause in sein Bett gelangt war, wusste er nicht mehr. Er erinnerte sich jedoch gerne an diesen Tag zurück. Es blieb für ihn das erste und letzte Mal, dass er mit einem Flugzeug geflogen war.

Kapitel 9

Vor dem Geburtstag eines Familienmitglieds und in Erwartung von Gästen, wurde die Wohnung auf Hochglanz poliert. Die Mutter stand unter Dauerstress und sorgte auch dafür, dass René und seine Schwester ihre Zimmer aufräumten. Hatten die Kinder Pech, wurden sie dazu verdonnert, die Treppe im Hausflurs bis zum Erdgeschoss zu fegen und nass aufzuwischen oder alle Schuhe der Familie zu putzen.
Wenn es ganz schlimm kam und die Mutter alle Gläser der Vitrine wusch, mussten beide ihr beim Abtrocknen helfen.

Außerdem gingen alle gemeinsam in die Kaufhalle zum Einkaufen. Meistens stand die Mutter bei der Fleisch- und Wursttheke an und der Vater arbeitete mit den Kindern die Einkaufsliste ab. Bei der einen oder anderen Gelegenheit nahm er sich eine kleine Rolle Pfefferminz aus dem Regal, öffnete sie, gab jedem Kind ein Dragee, nahm sich selbst ebenfalls davon und steckte die restliche unbezahlte Rolle in seine Tasche. Erwischt wurde er nie dabei und schien auch kein schlechtes Gewissen zu haben. Wenn die Einkäufe erledigt waren, marschierte jeder mit einer Tasche rechts und links nach Hause.
Dann kochte die Mutter leckere Gerichte und backte Kuchen, so dass die Familie noch eine Woche lang davon essen konnte.
Am großen Ehren- oder Festtag standen dann alle gestriegelt in der Tür, um die Gäste zu empfangen.
Saßen alle am Kaffeetisch, löste sich die angespannte Situation der Mutter in Wohlgefallen auf. Wenn abschließend die Tafel aufgehoben wurde und der Alkohol den Kaffee ablöste, verzogen sich die Kinder samt Cousin und Cousine in die Kinderzimmer. Dann wurden Höhlen mit allen Decken

gebaut, die sie finden konnten und spielten mit Bausteinen oder Karten, bis es Zeit zum Abendessen wurde. Die Zeit mit dem Cousin und der Cousine war besonders schön. Beide lebten mit ihrer Mutter in Berlin Treptow Nähe der Grenze und es war immer mit einem Aufwand verbunden, sie zu besuchen. Um überhaupt in ihre Wohnung zu gelangen, musste ein Passierschein beantragt werden. Und jedes Mal, wurden wir unterwegs von einem Polizisten angehalten, der diesen kontrollierte. Waren die Gäste gegangen, wurde am gleichen Abend noch aufgeräumt. Der Mutter war es wichtig, die Wohnung am nächsten Morgen sauber vorzufinden, fast so als sei nichts geschehen.

Die Zeit vor Weihnachten lief jedes Jahr gleich ab. Obwohl niemand zu Besuch kam wurde in der Wohnung abgestaubt, geputzt, gesaugt, poliert, und das Streiten der Eltern baute sich zur Höchstform auf. Aber am Heiligabend, wenn die Wohnung und der geschmückte Weihnachtsbaum um die Wette strahlten, die Geschenke unter dem Baum lagen, die Mutter ihre Kittelschürze gegen ein schönes Kleid getauscht und der Vater ein kühles Bier genoss, dann entspannte sich die Situation. Die Kinder durften zur Bescherung ins Wohnzimmer eintreten und eine trügerische Idylle trat ein. Denn der Vater konnte es nicht lassen seinen Sohn zum Weinen zu bringen, wie in jenem Jahr, als sich René einen Teddy wünschte.

Es war am frühen Abend, als die Eltern bereit für die Bescherung waren und die Mutter rief: „Kinder, ihr könnt jetzt ins Wohnzimmer kommen". Beide kamen aus ihren Zimmern, gingen auf die Wohnzimmertür zu und René schlängelte sich an seiner Schwester vorbei. Er war zu aufgeregt und wünschte sich nichts sehnlicher als einen großen Teddybären.

Sein Blick fiel auf den Weihnachtsbaum; er sah sich suchend um. „Kein Teddy" schluchzte er und fing an zu weinen. Er konnte nicht verstehen, weshalb dieser Wunsch unerfüllt bleiben sollte.

Schnell kam die Mutter zu Hilfe und flüsterte: „Sieh noch einmal genauer hin!" René ging näher an den Weihnachtsbaum heran, blickte nach rechts und links und entdeckte schließlich den großen gelben Teddy mit der blauen Schleife, den sein Vater hinter der Vitrine die neben dem Weihnachtsbaum stand, zur Hälfte versteckt hatte.

Als der kleine Junge das Geschenk glücklich in seinen Armen halten konnte, ging die Enttäuschung schnell in Freude über. Dennoch blieben diese immer wiederkehrenden kleinen Wunden bestehen und nagten an der Belastbarkeit von René.

Nach anfänglichem Schreck packte die restliche Familie ihre Geschenke aus. René saß mit seiner Schwester neben dem Weihnachtsbaum, sie begutachteten gegenseitig ihre Geschenke und mit einem Blick auf ihre Süßigkeitenteller sagte sie angewidert zu ihm: „Ich mag keine Marzipankartoffeln. Tauscht du sie gegen deine Lebkuchenherzen ein?" Und wie in den Jahren zuvor wechselten dann die Süßigkeiten solange die Teller, bis beide zufrieden waren und die Mutter ermahnte: „Esst nicht so viel vor dem Abendessen"

Wie üblich am Heiligabend servierte sie Kartoffelsalat und Würstchen mit dem selbst zubereiteten Curry des Vaters. Schon während des Essens schlug der Vater vor: „Spielen wir anschließend Mensch ärgere dich nicht oder lieber Rommé?" Nach einigem Hin und Her entschieden sie sich für Rommé. Nachdem der Tisch abgeräumt, das Geschirr in der Küche versorgt worden war, kamen die Karten auf den Tisch, dazu ein Schreibblock und ein Stift zum Notieren der Punkte. Bis in den späten Abend wurde gespielt.

Der 1. Weihnachtsfeiertag begann traditionell mit der Fernsehsendung „Zwischen Frühstück und Gänsebraten", während die Mutter die Pute oder

Gans für das Mittagessen zubereitete und alle anderen oft noch im Schlafanzug oder Nachthemd vor dem Fernseher saßen. Dieser Tag war meistens voller Gemütlichkeit, die jedoch leider bereits am 2. Weihnachtstag vorüber war. Die Streitigkeiten der Eltern flammten erneut auf, vor denen der Vater sich oft flüchtete, in dem er in seine Stammkneipe ging und der Rest der Familie sich irgendwie zu Hause beschäftigte.

Nach den Feiertagen ging man zur Tagesordnung über, froh darüber, einigermaßen unbeschadet das Weihnachtsfest und die Feiertage überstanden zu haben. Ein Silvester und Neujahr blieben René später lediglich in Erinnerung wegen des Karpfens, der noch einige Tage in der Badewanne schwimmen durfte und am Neujahrstag dann zum Essen auf den Tisch kam.

Kapitel 10

Obwohl René mit einem Herzfehler auf die Welt gekommen war und regelmäßig von einem Arzt untersucht werden musste, war er selten krank. Wenn er jedoch erkrankte, war meistens seine Schwester mit betroffen wie in dem Jahr, als sie beide gleichzeitig an Mumps erkrankten und zusammen im Bett der Eltern den Tag verbringen durften. Jeder bekam einen dicken Halswickel aus warmem Sonnenblumenöl, den die Mutter regelmäßig wechselte. Die kleinen Patienten veralberten sich gegenseitig, wer denn den dickeren Hals hätte.

Bei Zahnschmerzen, die meistens abends oder nachts auftraten, gab der Vater ihnen einfach einen Schnaps zum Spülen. Anschließend schickte er sie wieder ins Bett und am nächsten Morgen jedoch gleich zum Zahnarzt, was wirklich schrecklich war.

Zur damaligen Zeit gab es nämlich ganz selten eine Betäubung, wenn ein Zahn lediglich eine Füllung brauchte. Die Zahnärztin sah streng aus in ihrem weißen Kittel, dem zusammengebundenen Haar und der großen Brille. Während der Behandlung konnte sich jeder zur Ablenkung in den großen Brillengläsern sehen, die alles widerspiegelten, was während der Behandlung im Mund passierte.

Wenn René einen Termin bei ihr hatte, sei es auch nur zur Kontrolle, wagte er sich nur unter großem innerem Zwang dorthin. Seine Schwester war da schon etwas gerissener, weil sie noch mehr Angst vor dieser Zahnärztin hatte. War ein Termin während der Schulzeit vereinbart worden, ging sie zwar den Weg zur Zahnarztpraxis, der von der Schule bis zu einem gewissen Punkt einzusehen war. Dann bog sie aber vor der Praxistür ab und spazierte lieber im angrenzenden Park umher, bis es an der Zeit war, zur Schule zurückzukehren.

Kapitel 11

René kam mit seiner Schwester in den letzten Jahren vor der Scheidung
der Eltern nicht so gut zurecht, und auch danach wurde es nur langsam
besser. Gestritten haben sie sich zwar immer mal wieder, aber an einem
bestimmten Tag eskalierte die Situation total und erreichte einen traurigen
Höhepunkt. Es war ein Nachmittag, an dem beide allein daheim waren.
Die Mutter kehrte erst am frühen Abend von der Arbeit nach Hause. Als
die Geschwister von der Schule kamen begann ein Streit, von dem beide
hinterher nicht mehr wussten, weshalb sie so ausgerastet waren. Alles
hatte harmlos angefangen, als René in der Küche stand und sich ein
Butterbrot schmierte, es halbierte und die Butter in der Kühlschrank
zurückstellte. Seine Schwester kam dazu und wollte etwas von der Stulle
abhaben. „Nein, mach dir selber eine" forderte er. Aber sie nahm sich
einfach eine der gerade abgeschnittenen Hälften. „Ist doch alles fertig,
wunderbar" lautete ihr schlagfertiger Kommentar, drehte sich um ihre
eigene Achse und wollte die Küche verlassen. Er zog sie jedoch sofort an
ihren Haaren zurück. Vor lauter Schreck ließ sie das Brot fallen und schrie:
„Du blöder Arsch, das machst du sauber", schlug seine Hand weg und
wollte ihm ins Gesicht schlagen. Schon waren sie ineinander verkeilt. Sie
schrien und zogen sich gegenseitig an den Haaren. Beide wurden schnell
so wütend und rasend, dass sie sich boxten, schlugen, traten und nicht
mehr wussten was sie taten.
Plötzlich klingelte es Sturm an der Wohnungstür. Die Nachbarin stand
davor; sie schimpfte: „ Was fällt euch ein? Euer Streit ist bis in die oberen
Etagen zu hören. Beruhigt euch endlich!" Kleinlaut schlich jeder in sein
Zimmer. Sie blieben dort, bis die Mutter kam und die Nachbarin ihr alles
brühwarm erzählte.

Beide kamen erst wieder heraus, als die Mutter sie zum Abendbrot rief. Dabei machte sie ein ernstes Gesicht und sprach zu den Kindern " Ich muss euch etwas mitteilen." René und seine Schwester warteten natürlich auf das drohende Donnerwetter und blieben stumm. Aber alles kam anders: „Ihr wisst doch, dass ich in dem neuen Betrieb eine Kollegin habe, mit der ich mich sehr gut verstehe." Beide nickten. „ Ich habe mich ihr anvertraut und von unserer familiären Situation erzählt. Seit Wochen ermutigte sie mich etwas dagegen zu unternehmen und heute habe ich die Scheidung eingereicht. Dieses dauernde Streiten, die Prügel, die Schikanen… dies muss ein Ende haben." Puh, das hatten die Kinder nicht erwartet. „Was bedeutet das?" fragte René zaghaft. „Das bedeutet, dass dich dein Vater nie wieder schlagen wird und mich auch nicht ." Zu ihrer Tochter gewandt meinte sie nur: "Du hast ja eh nichts abbekommen, bist doch sein Liebling."

Renés Schwester war zwar erst 10 oder 11 Jahre alt, doch sie begriff in diesem Moment, dass niemand ahnte, wie schmerzhaft sie die Schläge auch spürte, wenn ihr Bruder „nach Strich und Faden" verdroschen wurde, wozu sie immer geschwiegen hatte. Im späteren Scheidungsurteil war die Beziehung zwischen Vater und Sohn ausschlaggebend, die häusliche Gewalt ihm gegenüber und der Mutter. Erwähnt wurde darin auch, dass die Tochter vom Vater lediglich freundlich ermahnt worden war. Das Sorgerecht wurde der Mutter übertragen, der Vater erhielt ein Besuchsrecht.

Auf Grund der Wohnungssituation im Osten Berlins, lebte der Vater weiterhin in der Elternwohnung. Dennoch war die Veränderung deutlich spürbar. Die Mutter hatte das Kommando übernommen und rief alle in den Flur, um die Zimmerverteilung neu zu arrangieren. Seitdem sie ihr Leben wieder in ihre Hand genommen hatte, wurde sie selbstbewusster und lebensfroher. Sie befahl bestimmt: „ Du" und zeigte auf den Vater „lebst ab sofort im Zimmer von René und hast nur noch zu Küche und Bad Zutritt!" Dann wandte sie sich zu René mit den Worten „Dein Bett wird ins Schlafzimmer gestellt." Und zu ihrer Tochter gewandt meinte sie nur schnippisch: „ Bei dir ändert sich mal wieder nichts." Zum Schluss räumte sie dem Vater ein Fach im Kühlschrank sowie Platz auf der Ablage im Bad frei.

In den ersten Tagen verlief alles ganz ruhig, bis der Vater sich das Recht herausnahm, wieder im Wohnzimmer zu sitzen. Als die Mutter das sah, gerieten sie erneut in Streit.

„Du hast hier nichts mehr verloren. Wieso tust du das?" fragte sie ihn wütend. Er war völlig entspannt und sich seiner Sache sicher. „Es sind meine Möbel, die in diesem Raum stehen; und solange das so ist, werde ich mich hier drin aufhalten wann ich will." „Ist gut, dann ändern wir das" konterte sie und rief ihre Kinder. Mit vereinten Kräften begannen sie das Jugendzimmer von René im Wohnzimmer einzurichten und die Möbel des Vaters in das kleine Zimmer seines Sohnes zu stellen. Damit war das Thema erledigt. Es gab keinen Grund mehr für den Vater das Wohnzimmer zu betreten. Dieses sah mit dem weiß-grünen Inventar zwar seltsam aus, aber dennoch wirkte es freundlich und zeigte ganz klar die Grenze. Die familiäre Situation beruhigte sich etwas. René hatte keine Drangsalierungen durch den Vater mehr zu erwarten und die Mutter wurde zufriedener und blühte auf. Nur wenn der Vater Nachtdienst hatte, mussten die Kinder auf Zehenspitzen durch die Wohnung schleichen. Kein Laut durfte in das Zimmer dringen, in dem der Vater schlief, denn so bald er etwas hörte, stand er brüllend in der Tür, dass einem Angst und Bange wurde.

Renés Schwester regelte die Situation für sich, mehr außer Haus zu sein und mit Freundinnen umherzuziehen. Die beträchtliche räumliche Enge wurde in den nächsten Monaten und Jahren zum weiteren Problem, vor allem, wenn die Mutter einen Freund mit nach Hause brachte, der über Nacht blieb. Dann wurden wieder die Betten getauscht. Anfangs übernachtete René auf der Couch im Wohnzimmer, bald jedoch seine Schwester, weil ihr Zimmer direkt mit der Tür zum Schlafzimmer der Mutter verbunden war. Die Tochter beschwerte sich mehrmals über die Lautstärke die von dort kam, indem sie einfach ins Zimmer platzte.

Der Vater begann ebenfalls die eine oder andere Liebschaft und kam in den darauf folgenden Jahren seltener in die Elternwohnung. Dennoch blieben diese seltsamen und ruhelosen Wohnverhältnisse ungefähr 4 oder 5 Jahre bestehen.

Kapitel 12

René schaffte es, sich in den nächsten Jahren zu stabilisieren. Seine
Schulnoten wurden besser, es kamen kaum mehr Beschwerden von der
Klassenlehrerin. Im Frühjahr 1978 feierten seine Schwester und er
traditionell die Jugendweihe mit ihren Klassenkameraden, die im Alter von
14 Jahren den Übergang vom Jugendlichen zum Erwachsenen
symbolisiert. Alle Schüler und Schülerinnen kleideten sich festlich, die
Mädchen mit langen Kleidern und viele stöckelten zum ersten Mal auf
hohen Absätzen herum. Die Jungen trugen alle Anzüge und teilweise zum
Hemd auch eine Krawatte. Alle kamen mit Familienangehörigen zur Feier
und erhielten von ihnen viele Geschenke. Der Vater zeigte sich zu diesem
Ereignis René gegenüber besonders spendabel und schenkte ihm einen
Kassettenrecorder, der fast ein kleines Vermögen gekostet hatte.
Vielleicht beruhigte er dadurch sein schlechtes Gewissen, denn seine
Tochter erhielt von ihm als Geschenk nur einen sehr günstigen
Plattenspieler, worüber sie sich sehr ärgerte. In dieser Zeit näherten sich
die Eltern wieder etwas an und konnten das Fest gemeinsam genießen.
Während René mit ihnen und den Gästen daheim feierte, traf sich seine
Schwester lieber mit ihren Freunden und Freundinnen. Spät am Abend
wurde sie dann vom Vater gesucht, bekam noch richtig Ärger, musste
sofort ins Bett und erhielt für die nächsten 14 Tage Stubenarrest.

Mit Beendigung der 8. Klasse konnte René mit einem für ihn guten
Zeugnis die Schule verlassen. Er war 15 Jahre alt und begann im
September 1977 eine 3 – jährige Ausbildung zum Betonfacharbeiter. In
der Berufsschule taute er so richtig auf, war motiviert und ging sehr gerne
dorthin. Das Lernen machte ihm Spaß, seine Schulkameraden

respektierten ihn. Dadurch wurde er aufgeschlossener und begann energischer seine Interessen durchzusetzen. Er blieb sich dennoch selber treu, war freundlich, hilfsbereit und sah in erster Linie das Gute in jedem Menschen. Auf den Berufsschulabschluss war er besonders stolz. Nach der Ausbildungszeit übernahm ihn der Ausbildungsbetrieb in eine Festanstellung im 2 – Schicht System, mit Frühdienst beginnend um 6h und dem Spätdienst um 14h.

Nach einem langen Arbeitstag kam René nach Hause und traf seine Schwester an, die über ihren Hausaufgaben saß. „ Wie geht es dir?" fragte sie und er erwiderte: „Die Arbeit ist anstrengend und ich bin müde". „Konntest du dich während der Heimfahrt ein wenig ausruhen? Du brauchst doch bestimmt eine Stunde für den Arbeitsweg?" wollte sie daraufhin wissen.

„Ja, das stimmt. Aber ausruhen ist anders. Ich will nur noch schlafen" gab er zur Antwort. Weil sie jedoch annahm, dass er anschließend seiner Lieblingsbeschäftigung Musik hören und Kassetten aufnehmen, nachgehen würde, bettelte sie: „Du wolltest mir noch die Kassette überspielen". Und da er ihr sowieso nichts abschlagen konnte, nuschelte er: „Na, mal sehen", während er sich ein Bier aus dem Kühlschrank nahm. Sie sah es und versuchte harmlos zu klingen. „Sind deine Kollegen wieder in die Kneipe gegangen?" Er sah sie verwundert an.

„Ja, bestimmt. Mir war heute nicht danach." Vorsichtig fragte sie: „Ist das dein erstes Bier heute?"

Sie wusste, dass er gelegentlich auch während der Arbeitszeit mit seinen Kollegen, ein Bierchen zischte, wie er es nannte. „Das ist auf dem Bau so üblich. Mach dir keine Gedanken" meinte er. (Einige Jahre später erhielt er leider auf Grund der Biertrinkerei am Arbeitsplatz eine Abmahnung, weil ihn ein Kollege bei der Personalabteilung angeschwärzt hatte) Jetzt drehte er sich um, und auf dem Weg zu seinem Zimmer rief er ihr noch zu: „ Am Samstag gehe ich mit Papa zum Fußball". Glücklicherweise hatte sich der Kontakt zwischen den beiden freundschaftlich entwickelt; Ab und zu unternahmen beide zusammen einen kleinen Ausflug oder gingen zum Fußball. Sobald René alt genug geworden war, tranken sie auch gelegentlich gemeinsam in der Stammkneipe des Vaters das eine oder andere Bier.

Meistens traf er sich nach Arbeitsende mit Kollegen in einer Kneipe, trank und diskutierte mit ihnen bis in den späten Abend oder in die Nacht hinein, blieb dabei meistens friedlich, gelassen und konnte andere Meinungen akzeptieren.

Weil er dabei oft kein Ende finden konnte, wurde er so manches Mal nach einer `Sause`, einer Betriebsfeier am Freitag- oder Samstagnacht von Kollegen oder der Polizei nach Hause gebracht.

Trotzdem konnte er, im Gegensatz zu seiner Mutter oder Schwester, schon immer sein Geld gut einteilen. Sein Taschengeld, das er von der Mutter erhielt, reichte den ganzen Monat; er kam mit dem Lehrlingsgehalt und später mit seinem Gehalt gut zurecht. Obwohl er in seinem ersten Ausbildungsjahr nur ca. 70 Mark Lehrgeld bekam, gab er seiner Mutter davon ca. 25 Mark fürs Wäschewaschen etc. und konnte vom restlichen Geld noch sparen. Denn außer seinen Kneipentouren am Wochenende und die eine oder andere Musikkassette, gab er kaum Geld aus.

Im zweiten Jahr erhielt er ca. 90 Mark und im dritten ca. 110 Mark. Weil seine Schwester immer knapp bei Kasse war, lieh er ihr oft ein paar Mark. Seiner Mutter erging es ebenso, sie borgte sich gelegentlich etwas von ihm. Ob er jemals alles wiederbekam, wusste er später nicht mehr so genau, was ihm auch nicht so wichtig war.

1979 begann die Mutter in einem großen Kaufhaus zu arbeiten, das kurz vor der Eröffnung stand. Es wurde ein großes Vorzeigeobjekt im Osten von Berlin Mitte.

An einigen Wochenenden durften er und seine Schwester im Keller dieses Hauses mitarbeiten und Waren auspacken, die an die jeweilige Abteilung geliefert wurde. Auf diese Weise verdienten sich die beiden so ein paar Mark zum Taschengeld dazu. Sie sahen Kleidung, Porzellan, Elektrogeräte, Schuhe, Schallplatten und viele andere verlockende schöne Dinge, die ihr Herz begehrte. Während es ihm gelang den Verlockungen zu widerstehen, strapazierten Mutter und Schwester ihre Portemonnaies ordentlich, und dann reichte natürlich das Geld nicht mehr bis zum Ende des Monats. Auch der Vater half gelegentlich im Kaufhaus mit, denn mal waren die Eltern zusammen, mal ging jeder eigene Wege.

Kapitel 13

Das blieb so lange, bis die Mutter einen anderen Mann kennenlernte. Sie brachte ihn mit nach Hause und heiratete ihn 7 Monate später. Er zog mit in die Elternwohnung ein und der Vater musste sich um eine eigene Bleibe bemühen.

Am Esstisch im Wohnzimmer wurde abends und am Wochenende gemeinsam gegessen. Während früher der Vater die Unterhaltungen bestimmte, und kaum eine Diskussion ohne Streit oder wütendem rechthaberischen Gebrüll in Richtung René endete, begann mit dem neuen Mann, der am gleichen Platz saß wie zuvor der Vater, die Diskussion mit der Schwester.

René merkte, dass sie ihn nicht mochte und daraus auch keinen Hehl machte. „Was hast du gegen ihn?" fragte er sie, als wieder einmal beim Abendessen gestritten worden war. „Ich kann ihn nicht leiden. Der ist einfach doof" erhielt er zur Antwort. „Nein, das ist er nicht" erwiderte er und sie antwortete: „Doch, das ist er. Setzt sich einfach ins gemachte Nest und schämt sich nicht mal dafür. Er brachte nur einen alten Koffer mit alten abgetragenen Klamotten und ein Federbett mit" war ihr Kommentar. Und nach einer Weile schob sie noch hinterher: „Außerdem macht es mir Spaß, mich mit ihm zu streiten". „Du machst dich lustig über ihn und verärgerst auch unsere Mutter" rügte er sie. „Das macht nichts. Schließlich hat sie den angeschleppt und uns einfach vor die Nase gesetzt" konterte sie entrüstet. Ihre Unnachgiebigkeit hatte zur Folge, dass neuer Unfriede ins Haus einzog.

Oft gab der Mann ihr 5 oder 10 Mark, damit sie aus dem Haus war; und so kam sie eine Zeit lang nur zum Essen und Schlafen heim. René kam mit dem neuen Mann der Mutter gut zurecht. Beide hatten ähnliche Interessen, verlangten nicht viel vom Leben und bildeten mit der Mutter zusammen eine Einheit.

Die Situation zwischen Stiefvater und Tochter spitze sich allmählich zu.

Die Schwester hatte ihre Lehrzeit beendet, arbeitete in ihrem erlernten Beruf als Verkäuferin und brachte ihren Freund mit nach Hause, der ebenfalls gelegentlich bei ihnen übernachtete. Deshalb bemühte sich die Mutter darum, die große Wohnung gegen 2 kleinere zu tauschen.

Nach einigen Monaten war es so weit. René zog mit seiner Mutter, die sich weiterhin um ihn kümmerte und ihn umsorgte, und deren Mann nach Kaulsdorf in eine 3 Zimmer Wohnung.

Durch den Umzug verlängerte sich sein Arbeitsweg und der zu seiner Stammkneipe, die er bald gegen eine andere Kneipe eintauschte, um den Heimweg zu verkürzen. Wenn er seine Schwester besuchen oder den Vater treffen wollte, musste er jetzt längere Wege in Kauf nehmen, denn beide waren ihm wichtig und er wollte den Kontakt zu ihnen nicht abbrechen lassen.

An die erste eigene Wohnung seiner Schwester in Oberschöneweide erinnerte er sich gut. Es war eine Altbauwohnung in der dritten Etage mit einer Deckenhöhe von 3,20m. Sie wollte eine Wand streichen und bat ihn, ihr dabei zu helfen. In früheren Jahren hatten sich beide immer am renovieren in der Elternwohnung beteiligen müssen. In der neuen Wohnung kam der Vater lediglich vorbei, um ihnen zu zeigen, wie die Farbe anzurühren sei, ein Lot zu ziehen oder alles abgeklebt werden musste. Dann ging er wieder, saß gegenüber in der Eckkneipe und erschien von Zeit zu Zeit um nachzusehen, ob sie alles richtig machten.

Zufrieden war er nie, weil sie die Farbe im Eimer trotz aller Anstrengung ungleichmäßig angerührt hatten und dies anschließend an der Wand zu sehen war. Ihnen war es aber egal, sie blickten stolz auf ihr gemeinsames Werk.

Wenige Monate später wurde René für 18 Monate zur allgemeinen Wehrpflicht eingezogen. Bei Besuchen von Mutter und Schwester zeigte er sich schlanker und trainierter als je zuvor und brachte überzeugend zum Ausdruck, dass diese Zeit ihm gut tat.

Als er den Dienst beendet hatte, nahm er sein Leben wieder auf, so als wäre er nie weg gewesen.

Einige Jahre vergingen, alles verlief reibungslos, ohne besondere Erlebnisse.

René lebte sein Leben bei seiner Mutter, wollte in Frieden gelassen werden, seiner Arbeit nachgehen und sich an seinen freien Abenden mit seinen Kumpels treffen. Das änderte sich nie in seinem Leben.

Wenn jemand Hilfe für z.B. einen Umzug brauchte, half er gerne mit. Er wurde gesellig und nach anfänglicher Schüchternheit taute er auf.

Kapitel 14

Im September 1988 schockierte seine Schwester René mit den Worten
„Ich habe einen Ausreiseantrag gestellt". „Warum, was ist passiert?"
wollte dieser erschrocken wissen. „Ich habe das Gefühl in diesem Land auf
der Stelle zu treten. Mit meinem zukünftigen Ehemann werde ich dieses
Land verlassen". Und augenzwinkernd fügte sie hinzu: „Außerdem ist bald
niemand mehr da. Und ich will nicht die Letzte sein, die das Licht
ausmacht." Einige Monate später erhielten sie die Ausreisebewilligung und
mussten an einem bestimmten Tag die Stadt verlassen. René, die Mutter
und einige Freunde brachten beide zum Eingang am Bahnhof
Friedrichstraße, dem heutigen Tränenpalast. Alle verabschiedeten sich
traurig voneinander, sicher, sich einige Jahre nicht mehr wiederzusehen.
Nachdem er wieder zu Hause war, stellte er in seinem Zimmer ein großes
Foto von ihr auf einen Ehrenplatz. Er vermisste sie jetzt schon. Aber schon
2 Monaten später traf er sie an der Raststätte Michendorf, die vielen
Familien damals als Treffpunkt diente.
Diese Raststätte lag an der Autobahn, die damals als Transitstrecke für
Westberliner diente und von Ostdeutschen ebenfalls befahren werden
durfte.
Als die Mauer am 9.11.1989 fiel, war das eine große Überraschung und
ein Festtag für Alle, denn niemand hatte diese Entwicklung vorhersehen
können. Obwohl die Schwester im Westteil Berlins wohnen blieb, war René
froh, dass die Familie wieder komplett war und er sie jederzeit besuchen
konnte. Allerdings währte diese Situation nicht lange.
Seine Mutter entschied sich nämlich mit ihrem Mann in die Nähe von
Hameln zu ziehen.
Weil René in Berlin bleiben wollte, zog er erneut um. Diesmal in eine

kleine 1 Zimmer Wohnung nach Hellersdorf, einem neu entstandenen Wohnviertel, das täglich größer und größer wurde. Ab September 1993 entschied sich seine Schwester mit ihrem Mann im Süden von Deutschland zu leben. 1 Jahr später folgte der Vater mit seiner zweiten Frau. Bei Besuchen bekam René die Angebote zur Mutter oder zur Schwester zu ziehen. Aus irgendeinem Grund, der ihm nicht mehr einfiel, wollte er aus Berlin nicht weg und lehnte alle Vorschläge ab. Außerdem wurde er das Gefühl nicht los, von allen verlassen worden zu sein. Er hätte sich gewünscht, dass alle in Berlin geblieben wären, weil er Veränderungen anstrengend fand und keinen Neubeginn in einer anderen Stadt starten wollte.

Also ging er weiter seiner Arbeit nach, traf sich mit Kollegen, telefonierte mit Mutter, Vater oder Schwester und besuchte sie in Abständen oder traf sich mit ihnen, wenn sie sich in Berlin aufhielten. Beruflich blieb nach der Maueröffnung vorerst noch eine Weile alles beim Alten, allerdings war ihm klar, dass die Tage seiner Firma gezählt waren.

Kapitel 15

Als der Tag x kam, stand René schon morgens mit einem mulmigen Gefühl auf. Er machte sich auf den Weg zur Arbeit und als er dort ankam, wurde er zur Personalabteilung gerufen. Dort angekommen, bat ihn der Personalchef Platz zu nehmen und teilte ihm mit, dass er ab sofort ohne Beschäftigung sei, weil das Unternehmen schließen müsse. Im diesem Moment brach für René eine Welt zusammen.

Trotzdem ging er gleich zum Arbeitsamt, beantragte Arbeitslosengeld und wurde dort gefragt, ob er eine Umschulung beginnen möchte, was er verneinte. Die Schule und auch die anschließende Berufsausbildung waren für ihn anstrengend genug und er hatte nicht mehr die nötige Kraft, um alles von vorne beginnen zu lassen. Außerdem fiel ihm nichts anderes ein, das er erlernen sollte. Also traf er sich mit seine Kumpels in der Stammkneipe, denn hier fand er Gleichgesinnte, denen es ähnlich ergangen war. Entlassen von einem Tag auf den anderen, Darüber redeten und beschwerten sie sich lautstark, aber niemand entwickelte einen Plan für die Zukunft. Die anfängliche Euphorie nach der Maueröffnung und der damit neu erworbenen Freiheit hatte sich gelegt, und die meisten ergaben sich ihrem Schicksal. Denn als am 1.Juli 1990 die D-Mark in Ostdeutschland eingeführt worden war, gingen die meisten ostdeutschen Betriebe pleite, weil die DDR-Produkte ab diesem Tag nichts mehr wert waren.

Unter den Kumpels waren auch Frauen und eine davon lud René nach einem dieser Abende zu sich nach Hause ein, um zu reden und weiter zu trinken. Es passierte nichts Besonderes und weil René müde war, ging er irgendwann heim.

Am nächsten Morgen lag er noch in seinem Bett und schlief, als er unsanft geweckt wurde. Zuerst dachte er zu träumen, aber nachdem er die Augen geöffnet hatte und sich einigermaßen zurecht fand, registrierte er allmählich, dass jemand an seiner Tür vehement klingelte. Also zog er sich seinen Bademantel über, schlüpfte in seine Latschen und schlurfte zur Tür. Seine Überraschung hätte nicht größer sein können, denn 2 Männer in Zivil standen davor, die sich als Polizisten auswiesen. Sie baten darum, hereingelassen zu werden. „Bitte ziehen sie sich etwas Anderes an und folgen sie uns auf die Wache", waren die Worte, die er wie durch Watte hörte. Er war völlig erstarrt vor Angst und konnte sich nicht erklären, was hier los war. Zitternd wechselte er seinen Schlafanzug mit der Kleidung vom Abend zuvor. Ein Auto der Marke Wartburg stand direkt vor dem Haus, in das sie ihn einstiegen ließen. Während ein Polizist sich ans Steuer setzte, nahm der andere neben ihm Platz. An der Wache angekommen, stiegen sie aus, nahmen ihn in die Mitte, gingen hinein und öffneten die Tür zu einem Verhörraum, der sehr spärlich eingerichtet war. Lediglich ein rechteckiger Tisch mit grauer Resopalbeschichtung, 2 Stühle mit gepolsterter Sitzfläche sowie einem Stuhl aus Holz standen darin. Auf diesen baten sie René Platz zu nehmen, dann schlossen sie die Tür. Er war allein und sah sich vorsichtig um. Es gab kein Bild an der Wand oder irgendetwas zu seiner Ablenkung, so dass klar war, hier ging es nur um die eine Sache, von der er noch nicht wusste, was es war. Plötzlich kam einer der beiden Polizisten wieder herein, nahm ihm gegenüber Platz und legte eine Akte auf den Tisch. Niemand sprach ein Wort; bis auf ein gelegentliches Räuspern war es ruhig im Raum.

René war den Tränen nahe, nahm jedoch seinen Mut zusammen und fragte: „Weshalb bin ich hier?" Der Polizist schlug den Aktendeckel auf, las darin und mit einem Mal schoss aus seinem Mund: „Kennen sie eine Frau

S.?" „Ja, die kenne ich" erwiderte René, und ein Gefühl der Erleichterung stellte sich ein. Er war sich keiner Schuld bewusst. Und als er den Namen hörte, dachte er bei sich, dass es nicht so schlimm werden könnte. Aber es wurde schlimm. „Wo waren sie gestern Abend zwischen 21h und 23h ?" René antwortete wahrheitsgemäß „ Ich war bei Frau S. Wir trafen uns zuerst in der Kneipe und anschließend bin ich mit zu ihr nach Hause gegangen". Der Polizist sah ihn ernst an: „Ist irgendetwas passiert, wovon sie uns berichten sollten?" wollte er wissen. „Nein, nicht dass ich wüsste. Wir haben uns unterhalten, noch 2-3 Bier getrunken und dann bin ich gegangen" gab er zur Antwort. „Wie spät war es als sie von Frau S. losgegangen sind?" wiederholte der Polizist eindringlich. „Weiß nicht genau, habe nicht auf die Uhr gesehen. Ich war müde und wollte einfach nach Hause" erwiderte René.

„Dann haben Sie also keine Idee, worum es heute hier geht?" ging der Polizist René weiter an. „Nein, habe ich nicht", antwortete er und ihm wurde richtig übel vor Angst. Sein Gegenüber erklärte: „Frau S. hat sie angezeigt". René erschrak sich so sehr, dass er seine Tränen nicht mehr zurückhalten konnte. „Aber warum? Ich habe doch nichts gemacht" schluchzte er. „Sie gab an, dass sie von Ihnen vergewaltigt wurde." „Von mir?" kam es erstaunt von ihm zurück. „Ja, von Ihnen. Und zwar gestern Nacht." „Das stimmt nicht. Niemals würde ich einer Frau so etwas antun" empörte sich René. „Ja, das haben schon viele gesagt" bekam er zu hören. Und während sich die Befragung weiter in die Länge zog, steckte der andere Polizist seinen Kopf zur Tür herein und winkte seinem Kollegen zu, hinaus zu kommen. Das tat er auch. Nach wenigen Minuten kam er zurück, ließ die Tür offen stehen, wandte sich René zu und sagte nur: „Sie können gehen". „Wie, ich kann gehen? Was ist jetzt passiert?" „ Frau S. hat die Anzeige gerade eben zurückgezogen" lautete die knappe

Erklärung. René war völlig fertig. Nachdem er aus der Wache getreten war, schwor er sich, nie wieder eine Frau anzufassen und keinem Menschen mehr zu vertrauen. In der Stammkneipe brauchte er sich nach diesem Erlebnis sowieso nicht mehr blicken lassen.

Wer würde ihm überhaupt glauben? Das Beste wäre, wenn ich nur noch für mich bliebe, überlegte er sich.

Nach einigen Monaten spürte er, wie ihm allmählich jegliche Hoffnung abhanden gekommen war. Er hätte gerne mit seiner Schwester gesprochen, aber immer, wenn er sie von einer öffentlichen Telefonzelle anrief und sie den Hörer abnahm, konnte er nicht reden. Es fehlte ihm die nötige Kraft für die normalsten Dinge des Alltags. Er konnte nicht mehr bei Ämtern vorsprechen um Sozialbezüge zu beantragen. Zudem war das Telefon abgestellt, sodass er selbst nicht mehr erreicht werden konnte. Bisweilen hörte er, wie jemand an seine Tür klopfte oder klingelte, aber er öffnete nicht, er hatte nichts mehr zu sagen. So lag er nur noch im Bett, das sich schon richtig durchgelegen anfühlte. Er schlief oder wälzte sich hin und her, weil es ihm körperlich nicht gut ging. Zudem litt er unter starken Schmerzen, traute sich aber nicht zum Arzt, weil er auch nicht mehr krankenversichert war.

Ein Tag nach dem anderen verging, bis er nicht mehr wusste, welcher Tag war. Es war ihm auch nicht mehr wichtig und er ertappte sich oft dabei, dass er träumte, was wäre wenn...

Er fühlte jedoch, dass es nichts mehr zu tun gab und eines Tages nahm er nichts mehr wahr, spürte keine Schmerzen mehr und schloss Frieden mit sich und allen Menschen, die ihn auf seinem Weg begleitet hatten. Und während er wegdämmerte sah er vor seinem inneren Auge ein Bild, wie er als kleiner Junge auf den Armen seiner Mutter getragen wurde und sie ihm einen Kuss auf seine linke Wange gab. Im diesem Moment fühlte er sich von so viel Liebe eingehüllt und konnte mit diesem Gefühl sein Leben loslassen, seinen letzten Atemzug atmen, seinen letzten Herzschlag schlagen - und wurde erlöst.

Nachtrag

René B. starb vermutlich im September oder Oktober 2001. Er lag 2 oder 3 Monate tot in seiner Wohnung, unbemerkt von der Familie oder von Nachbarn. Erst mit Beginn des Jahres 2002 als Hausbewohnern auffiel, dass der Briefkasten überquoll, wurde die Polizei verständigt. Sie fanden den Leichnam, der bereits verwest war. Bei der Obduktion konnte die Todesursache nicht mehr eindeutig festgestellt werden. Es wurde angenommen, dass er an einer akuten Pankreatitis gestorben sei. Bei diesem Krankheitsbild verdaut die Pankreas sich selbst, was Tage und Wochen mit unsagbaren Schmerzen verbunden ist und der gesamte Körper dadurch in Mitleidenschaft gezogen wird, vom Schock bis zum Nierenversagen. René B. wurde anonym durch seine Mutter auf einem Friedhof in Berlin Friedrichshain beerdigt, weil das Geld auf seinem Konto für mehr nicht gereicht hat. Schließlich musste noch die Eingangstür ersetzt werden, die die Polizei aufgebrochen hatte, um in die Wohnung zu gelangen…

Lieber René,

als ich die Nachricht von deinem Tod erhielt, brach mein Herz. Die nähere
Einzelheiten erschütterten mich, machten mich fassungslos und zutiefst
betroffen.

Ein Teil in mir fühlte und fühlt noch heute, eine unendliche nicht enden
wollende Traurigkeit. Ein anderer Teil ist erleichtert, dass du es endlich
geschafft hast. Denn aus meiner Sicht hattest du kein schönes Leben; du
musstest dich oft ganz besonders anstrengen, wurdest gedemütigt und
gequält. Ich hätte mir ein anderes Leben für dich gewünscht, voller
Freude, Mut und Glück.

An den Abend, Anfang Januar 2002, als ich von deinem Tod erfuhr,
erinnere ich mich, als wäre es gestern gewesen.

Mein Exmann rief mich abends an und richtete mir aus, das ich mich bei
unserer Mutter melden solle, weil etwas passiert sei und er dürfe mir nicht
sagen worum es ging.

Interessanterweise hielt sie, auch nach unserer Scheidung, noch
jahrelang den Kontakt zu ihm und besuchte ihn und seine neue Frau.

Natürlich habe ich nachgehakt und er berichtete mir sofort worum es ging.
In diesem Moment konnte ich nur laut schreien: „Ich habe es gewusst!"
Er versuchte, mich zu beruhigen. Erst nach einiger Zeit konnte ich mich
bei meiner Mutter melden. Ihr Ehemann war am Telefon und wie immer
sagte er: „Ich gebe sie dir." Nie hatte er gesagt...deine Mutter, eure
Mutter oder dergleichen. Sie kam ans Telefon und während wir redeten,
machte sie einen sehr gefassten Eindruck auf mich. Nach dem Telefonat
brach eine große Welle der Wut aus mir heraus.

Mein damaliger Freund stand mir bei, denn ich brauchte Stunden, um
mich zu beruhigen. Ich habe gebrüllt, geweint, getobt, geschrien, war

aufgeregt, trank unkontrolliert 2 Flaschen Sekt... Danach stand ich völlig unter Strom und war froh, dass unsere Eltern so weit entfernt wohnten, vor allem unser Vater.

Zu gern hätte ich ihn gefragt, ob er denn nun zufrieden sei oder im Gegenteil in irgendeiner Weise bedauere, dich psychisch und physisch misshandelt zu haben und damit einen Grundstein für deinen weiteren Lebensweg gelegt zu haben, der zu deiner Unselbstständigkeit und zu deinem geringem Selbstwertgefühl geführt hatte.

Er war zu diesem Zeitpunkt wieder einmal auf einer Entziehungskur. Als ich ihn einen Tag später anrief, sagte er mir, dass er nicht zu deiner Beerdigung kommen werde.

Ich habe ihn danach nie wieder gesehen und war froh, als er 2010 starb. Nun konnte ich mir sicher sein, ihm nie wieder begegnen zu müssen.

Denn je nach Tagesform wäre ich bereit gewesen, ihm bei einer Begegnung sofort seine Brille von der Nase zu schlagen oder aus seelischem Schmerz vor ihm zusammenzubrechen.

☯

In den letzten 5-6 Monaten vor deinem Tod war es mir körperlich nicht so gut gegangen, was mir zunächst unerklärlich war. Nachdem ich von deinem Tod erfahren hatte, leuchtete mir jedoch ein, dass ich gespürt hatte, wie es dir erging. Manchmal klingelte mein Telefon und wenn ich abnahm, bekam ich keine Antwort. Das warst bestimmt DU gewesen.

Zu dieser Zeit war unsere gesamte Familie in verschiedene Himmelsrichtungen verstreut, jeder war mit sich und seinem Leben beschäftigt. Wenn du mich besuchtest, hast du nie viel über dich gesprochen und meine Angebote, zu mir zu ziehen immer abgelehnt, was mich traurig machte. Es wäre eine Chance für uns als Geschwister gewesen, an einem fremden Ort neu anzufangen und ich hatte gehofft, dass du in meine Nähe ziehen würdest. Dann hätte ich dir helfen können einen Job zu finden, du wärst nicht allein gewesen und dir wäre so ein Schicksal bestimmt erspart geblieben. Oft habe ich überlegt, was ich hätte anders machen können, denn in Gedanken war ich immer bei dir. Ich hatte mich gefragt, wie es dir wohl erging, wie du momentan lebst und ob du dich in Berlin allein gelassen fühlst. Unsere Mutter war mit ihrem zweiten Mann in die Umgebung von Hameln gezogen und bei Besuchen deinerseits fragte sie dich bestimmt, ob du ebenfalls dort leben möchtest und du hattest abgelehnt. Aber wahrscheinlich konntest oder wolltest du dich nicht zwischen unserer Mutter und mir entscheiden und bist deshalb in Berlin geblieben.

❧

Es war keine einfache Entscheidung für mich, wegzuziehen und dich deinem Schicksal zu überlassen.

Bevor ich im September 1993 in den Schwarzwald zog, fuhr ich zu der Firma, in der du damals gearbeitet hattest und erkundigte mich in der Personalabteilung, ob dein Arbeitsplatz gefährdet sei. Von deiner Abmahnung hatte ich erfahren und war ziemlich besorgt. Ich erinnere mich noch gut an den Personalchef, der mir versicherte, dass es momentan keinen Anlass zur Sorge gäbe. Da war ich etwas beruhigter. Unser Vater lebte zu dieser Zeit noch mit seiner zweiten Frau in Berlin und ich war froh, dass er sich um dich kümmerte, denn eure Vater – Sohn Beziehung hatte sich inzwischen etwas gebessert. Dass er jedoch ein Jahr später mit seiner Frau zu mir in den Schwarzwald zog, kam überraschend für mich. Meine Besuche in Berlin waren sehr selten, denn in der neuen Umgebung war es schwierig für mich, Fuß zu fassen. Wenn ich mich für ein Stelle bewarb, wurde ich immer gefragt: „Wie lange bleiben sie?". Es blieb mir nur der Weg, eine neue Ausbildung zu beginnen. Dadurch waren meine finanziellen Mittel sehr begrenzt, denn ich hätte dich gerne öfter besucht. An deiner Beerdigung konnte ich mich leider nicht von dir verabschieden. Meine körperliche Verfassung war sehr schlecht und ich schaffte es gerade noch, meinen Job zu erledigen.

Zu dieser Zeit arbeitete ich als selbstständige Aerobic- und Fitnesstrainerin und musste alle meine Trainingsstunden geben. Ich konnte mir nicht erlauben, auf mein Honorar zu verzichten, brauchte jeden Cent. Nebenbei bereitete ich mich auf meine Prüfung zur Heilpraktikerin vor. Es war damals kein Geld übrig, um mir eine Fahrkarte nach Berlin zu kaufen. Unserer Mutter erklärte ich in einem Brief meine Situation und hoffte auf Hilfe von ihr. Aber sie antwortete mir sehr böse, mit vielen Vorwürfen u.a. das ich sie schon wieder mit allem allein ließ. Danach ruhte unserer Kontakt erneut für eine Weile.

Nach der Beerdigung schickte sie mir deine Sterbeurkunde und ein Foto deiner Urne.

Im November 2002 besuchte ich eine Freundin in Berlin, deren Mutter ebenfalls anwesend war. Ich kannte beide seit vielen Jahren und erzählte davon, zum Friedhof fahren zu wollen, um deine Grab zu suchen. Weil ich das Foto deiner Urne gesehen hatte, ging ich davon aus, dass du in einem kleinen Urnengrab begraben liegst. Die Mutter meiner Freundin sagte sofort, dass ich das nicht allein machen sollte und begleitete mich. Wir fuhren beide zu diesem riesigen Friedhof und begannen zu suchen. Deine Grabstelle haben wir natürlich nicht gefunden, denn niemals wäre ich auf den Gedanken gekommen, dass dich unsere Mutter anonym begraben lassen würde, weil das Geld auf deinem Konto nur noch dafür reichte und sie nicht bereit war sich mit einem Cent zu beteiligen. Als ich das erfuhr war ich froh, nicht persönlich bei deiner Beerdigung anwesend gewesen zu sein. Hätte ich gesehen, wofür unsere Mutter sich entschieden hatte, wäre die Situation vor Ort eskaliert, zumal so ein Grab wahrscheinlich auch mein Schicksal geworden.

Außerdem ärgere ich mich noch heute darüber, weil ich weiß, dass sie sich jahrelang von dir Geld geliehen hat. Zuerst von deinem gesparten Taschengeld, anschließend vom Lehrlingsgehalt und später auch von deinem regulären Gehalt. Mit Sicherheit brauchte sie nicht alles zurückzuzahlen, weil du immer großzügig gewesen bist.

Weiterhin kam hinzu, dass sie nicht auf den Friedhof gehen kann, um sich um dein Grab zu kümmern. Ihren zweiter Ehemann, der einige Jahre später nachts neben ihr im Bett gestorben war, beerdigte sie ebenfalls anonym auf dem gleichen Friedhof.

❦

Nach dem Tod dieses Mannes 2005 oder 2006, suchte unsere Mutter erneut Kontakt zu mir. Ich überlegte keine Sekunde und fuhr mit meinem Auto zu ihr, um ihr beim Umzug zurück nach Berlin zu helfen. Einige Wochen besuchte ich sie anschließend regelmäßig, fuhr samstags 800 km zu ihr hin und am nächsten Tag wieder die Strecke zurück. Während dieser Zeit versuchte ich mit ihr zu reden, um auch meinerseits das Vergangene verarbeiten zu können und nach vorne zu schauen. Dies war jedoch unmöglich für mich, denn unsere Mutter zeigte keinerlei Bedauern sondern nur Selbstmitleid. Sie war von sich so überzeugt, alles richtig gemacht zu haben. Nie habe ich von ihr eine Einsicht erkannt, dass wohl doch nicht alles so gut verlaufen war, wie sie vorgab. Ich hätte mir gewünscht, dass sie sich dazu bekennt aus Unwissenheit Fehler gemacht zu haben und dies auch aufrichtig bedauern würde. Denn sie hatte Fehler gemacht und mischte sich in unsere Leben ein. Entscheidungen, die wir auf Grund ihrer Interventionen trafen, gab sie immer als unsere Wünsche an, die sie dann immer unterstützte.

Fakt ist, von ihren eigenen 2 Kindern ist eines qualvoll gestorben, das andere wollte und will nur bedingt Kontakt zu ihr, beide lebten oder leben allein, ohne eigene Kinder. In der Wohnung unserer Mutter hängen mehr Fotos von fremden Kindern an der Wand als von ihren eigenen.

❦

Um deinen frühen, sinnlosen und vor allem schmerzhaften Tod zu verarbeiten, versuchte ich viele Jahre einen Weg zu finden, der für mich stimmt. Im September 2001 hatte ich eine 2-jährige Ausbildung zur

Cranio Sacral Therapeutin begonnen. Das war ein großes Glück für mich, weil ich Menschen traf, die mir den nötigen Raum gaben um zu trauern. Ein Jahr lang saß ich an einem Wochenende im Monat in diesem Kurs, immer in schwarz gekleidet und weinte viel. Es war der Ort an dem ich einfach sein durfte. Nach den 2 Jahren begann ich als Assistentin den gleichen Kurs zu wiederholen, weil ich das gesamte erste Jahr verpasst hatte. Durch diese Art der Therapie habe ich gelernt, ins Fühlen zu kommen und mit Worten zu beschreiben, was ich auf dem Herzen habe. Meine ganze Welt, beruflich und privat, dreht sich darum, wie sich etwas anfühlt. Das hätte ich auch dir gewünscht, vor allem Worte zu finden für deinen Schmerz, für deine Sehnsüchte oder Hoffnungen. Wie wäre dein Leben verlaufen, wenn du hättest sagen können, was du auf dem Herzen hast, was dich bedrückt, welcher Kummer dich plagt oder was dich freut, dir Spaß macht, was du gerne noch gelernt hättest?

Ich treffe immer wieder viele junge Menschen, bin beeindruckt von ihrer Leidenschaft zum Leben, wie sie ihre Meinung äußern, selbstbewusst vertreten und durch ihre Eltern unterstützt werden. Unser Leben daheim verlief viele Jahre leidenschaftslos und ohne Begeisterung, voller Misstrauen und ohne Glaube an die eigenen Fähigkeiten.

Erst im Teenageralter begannen wir mühevoll andere Pfade zu betreten, um uns weiterzuentwickeln. Du hattest deine Ausbildung begonnen und richtig Freude daran gehabt, liebtest deine Musik und hast dich mit Kollegen in deiner Stammkneipe getroffen. Mein Eindruck war bis zur Maueröffnung 1989, dass du damit sehr zufrieden warst. Das habe ich immer bewundert, denn in mir spürte ich immer eine Unruhe und die Gewissheit, etwas zu verpassen.

Nach der Maueröffnung begleitete dich die Angst, deinen Job zu verlieren, die Ungewissheit und Unsicherheit, was die Zukunft bringen würde. Später kam das Gefühl hinzu, von allen verlassen worden zu sein, bis DU 12 Jahre später, uns verlassen hast.

☯

Im Juli 2010 rief mich die Frau unseres Vater an, um mich von seinem Tod in Kenntnis zu setzen.

Sie war schon immer nett zu uns gewesen und deshalb hielt ich mich bei Besuchen bei ihr auf. Seit 2009 wohnten sie wieder in Berlin. Sie erzählte mir von den vergangenen Jahren, wir schauten Fotos an und ich entdeckte ein Bild von dir René, aus dem Jahre 1991, auf dem du richtig glücklich ausgesehen hast. Dieses Bild kopierte ich, schickte es unserer Mutter und schrieb, wie schön ich dieses Foto fände. Am Ende des kurzen Brief teilte ich ihr mit, dass unser Vater verstorben sei.

Nur wenige Tage später rief sie mich an und mit einer Stimme, die ich noch nie in meinem Leben von ihr gehört hatte, sagte sie mir, dass sie sich schon gewundert hätte, weshalb sich unser Vater nicht bei ihr gemeldet hätte. Ich fragte sie, wieso er das hätte tun sollen. Sie antwortete, dass sie ihn in Berlin begegnet ist und sie sich erneut treffen wollten. Und weil er mittlerweile gestorben war, würde sie gerne Blumen an sein Grab bringen und bat mich, ihr den Ort zu zeigen. Mir verschlug es erst einmal die Sprache und ich wusste, dass ich dem auf den Grund gehen müsse. Ich hoffte herauszubekommen, was sich zwischen den beiden angebahnt hatte, verabredete mich mit ihr und fuhr einige Tage später nach Berlin. Wir trafen uns am Bahnhof, der sich in der Nähe des Friedhofs befindet. Weil ich mit einem Fahrrad kam, fragte sie mich gleich, ob ich bei „ihr" wohnen würde. Damit meinte sie die Frau unseres Vaters, und als ich bejahte, zog sie böse über diese her. Auf meine Frage nach der Quelle ihrer Informationen sagte sie schnippisch: „Von deinem Vater". Der hatte sich anscheinend sehr negativ über seine Frau geäußert. In mir begann es zu brodeln, aber ich versuchte ruhig zu bleiben. Nachdem sie Blumen gekauft hatte, gingen wir Richtung Friedhof und sie erzählte weiter von sich. In ihr schien die Hoffnung gewachsen zu sein, dass unser Vater wieder mit ihr hätte zusammen sein wollen. Ich dachte mich trifft der Schlag und mit meiner Ruhe war es vorbei. Mitten auf dem Friedhof begannen wir uns heftig zu streiten, ich brüllte sie an, was ihr eigentlich einfiele. Zum Grab ihres Sohnes und dem ihres zweiten Mannes konnte sie angeblich nicht gehen, weil sie eine Aversion gegen Friedhöfe mit sich herumträgt. Aber zum Grab unseres Vater konnte sie nicht schnell genug kommen und redete jetzt in einer Art und Weise, dass mir übel wurde. Außerdem schrie ich sie an, dass wohl zur Zeit kein anderer Mann in der Nähe sei und dann wollte sie den nehmen, den sie gerade kriegen könne. Es flogen die Fetzen und eigentlich wollte ich ihr nicht zeigen, wo Vater beerdigt war, habe es aber dennoch getan. So oder so hätte sie den Ort herausbekommen.

Für mich war klar, dass ich mit ihr nur noch im Notfall Kontakt haben würde, informierte sie darüber und fuhr davon.

☯

Zu der Frau unseres Vater halte ich seit dieser Zeit Kontakt, besuche sie und telefoniere mit ihr regelmäßig. Sie wird immer einen Platz in meinem Herzen haben. Nach dem Tod unseres Vater erkrankte sie und bei meinen Besuchen sprachen wir viel über die letzten 20 Jahre, in denen sie mit ihm verheiratet war.

Auch sie war ebenfalls immer sehr besorgt um dich gewesen. Bei den zahlreichen Besuchen zu ihren Kindern und Enkeln nahm sie immer wieder Kontakt mit dir auf. Sie erzählte mir von einer gemeinsamen Dampferfahrt zusammen mit ihrer Schwester. Schon damals hatte sie das Gefühl, dass du dich innerlich bereits weit entfernt hattest und ein Gespräch mit dir sich als sehr schwierig erwies. Deine Meinung schien ihr festgefahren, du orientiertest dich an unserer Mutter oder deinen Kollegen und akzeptiertest keine andere Meinung mehr. Konntest du jemals in deinem Leben ausdrücken was du dir gewünscht hast, wie du dir die Welt vorstelltest, was für dich gestimmt oder was du gebraucht hättest?

In unserem Elternhaus war es schwierig sich eine eigene Meinung zu bilden und sich zu trauen, diese auszusprechen. Nach außen lebten unsere Eltern linientreu, unauffällig, und ich hatte den Eindruck, sehr angepasst. Aber wenn sie daheim Themen ansprachen, konnte jeder spüren wie es unter der Oberfläche brodelte. Diskutieren war mit unserem Vater fast unmöglich, weil er meistens beharrlich seinen Standpunkt vertrat und selten habe ich jemanden erlebt, der ihm widersprach. Durch seine aufbrausende Art mussten wir lernen, wann es besser war, ihm Recht zu geben oder, wenn sich eine Situation besonders schlimm entwickelte, die Möglichkeit zu nutzen, ihm aus dem Weg zu gehen. Leider bist du eine lange Zeit sein Prellbock gewesen und ihm reichte eine Kleinigkeit, um seinen Zorn an dir auszulassen. Meine Güte, was bist du gedemütigt und verprügelt worden! Wie oft habe ich mir gewünscht dazwischengehen zu können, denn bitte glaube mir, ich hätte es getan, wenn es mir möglich gewesen wäre.

Von unserer Mutter habe ich kaum erlebt, dass sie sich für dich eingesetzt hatte. Vor ein paar Jahren fragte ich sie, weshalb sie unterlassen hat, dir zu helfen. Sie antwortete darauf, dass sie dann selbst die Prügel bezogen hätte. Ich entgegnete ihr, lieber du als er, denn schließlich hatte sie sich für diesen Mann entschieden und es wäre ihre Pflicht gewesen zumindest Hilfe und Unterstützung zu holen. Darauf hin reagierte sie sehr pikiert.

Mehr als einmal hatte sie mir zu verstehen gegeben, dass wir nicht auf der Welt wären oder noch nicht so alt, wenn es damals bereits die Pille gegeben hätte.

Im Scheidungsurteil unserer Eltern steht, dass dir durch unseren Vater sehr viel Gewalt angetan worden war, während ich lediglich freundlich ermahnt wurde.

Aber dass ich damals genauso darunter gelitten hatte, interessierte niemand.

☯

In der Schule oder im Ferienlager bist du von anderen Kindern gehänselt und verprügelt worden. Meistens versuchte ich dir zu helfen, aber meine Worte wurden überhört und ich stand dann wieder nur weinend daneben, unfähig etwas zu tun. Wie hast du das nur ertragen? Ich kenne dich meistens nur als Sonnenschein. Selten bist du böse gewesen, es sei denn, du hast dich zu wehren versucht. Nie hast du jemandem etwas abschlagen können, schon gar nicht mir. Du warst so ein netter Mensch, friedlich, hilfsbereit, manchmal ungestüm, vor allem später bei Dingen die dir wichtig waren, aber niemals bösartig. Wie hast du es geschafft nach einem Abend voller Demütigungen wieder am nächsten Tag aufzustehen und weiterzumachen, als ob nichts geschehen war? Natürlich ist mir klar, dass du nicht anders konntest und dies für dich normaler Alltag war. Du musst innerlich so stark, voller Leben und Hoffnung gewesen sein, dass du spürtest, dass es eines Tages besser würde, was auch geschah.

❧

Als wir uns noch ein Zimmer teilten, kamen wir gut miteinander zurecht. Dies änderte sich, als in Berlin jeder sein eigenes Zimmer hatte. Wir waren im großen und ganzen frei zu tun und zu lassen, was wir wollten, aber standen uns selbst mit unseren Emotionen im Weg, stritten oft um Kleinigkeiten und später prügelten wir uns sogar bis zur Weißglut.

Es scheint auf den ersten Blick unter Geschwistern normal zu sein, aber bei uns kam noch die Angst hinzu, einen Fehler zu machen und dann schmerzhaft die Konsequenzen zu spüren. In der Schule wurden meine Leistungen anscheinend für unsere Eltern besser bewertet als deine. Was nicht stimmt, denn gemessen an unseren Fähigkeiten war jeder für sich gut. Leider verglich dich unser Vater immer mit mir, was völlig absurd war. Wir standen jedoch Beide unter Leistungsdruck und es war sehr schwierig, dem gerecht zu werden.

Es gab eine Zeit, in der ich keine Lust zum Lernen hatte und mich mit einer Drei in einem schriftlichen Test nicht getraut habe, den unseren Eltern zu zeigen. Ich sah, wie insbesondere unser Vater dich behandelte, wenn du eine Vier oder Fünf als Note vorzeigen musstest. Von mir waren sie nur Einsen und Zweien gewöhnt und meine Angst, ihnen diese Note zu zeigen, war so groß, dass ich kurzerhand die Unterschriften gefälscht hatte und das nicht nur einmal, bis ich erwischt worden bin.

☯

Schon als kleines Mädchen war ich ängstlich und kontrollierte abends, ob die Fensterläden richtig geschlossen waren, wenn unsere Eltern eingeladen wurden, aus dem Haus gingen und wir allein daheim bleiben mussten. In Berlin gab es keine Fensterläden mehr, aber ich schaute unter jedes Bett, in jeden Schrank, ob sich irgendjemand darin versteckte. Du hast mich jedes Mal ausgelacht und konntest diese unrealistische Angst nicht nachvollziehen und fragtest mich immer, was ich denn tun werde, falls der „schwarze Mann" hervorkommt. Natürlich wusste ich darauf kein Antwort, denn ich habe niemanden vertraut und staune noch heute, woher du dieses Urvertrauen hattest, obwohl dir wirklich Schlimmes widerfahren war.

☯

Mir fällt die Zeit ein, als sich unsere Eltern getrennt hatten.
Damals verliebte sich unsere Mutter mehrmals neu und brachte diese Männer mit zu uns nach Hause. Was war das für ein Chaos, vor allem, weil unser Vater noch lange in der gemeinsamen Wohnung mit gelebt hatte. Wir waren beide in der Pubertät und ich hatte das Gefühl, dass du gut mit dieser Situation zurecht kamst, während ich rebellierte. Als z.B. unsere Mutter ein paar Tage wegfuhr und uns mit unserem Vater allein ließ. Wenn er zum Nachtdienst ging und musste ich mich abends, wenn ich heim kam, bei der Nachbarin melden. Mehr als einmal hatte ich vorher selbst bereits meine Freunde in die Wohnung gelassen, die dann am frühen Morgen auf leisen Sohlen wieder davon schlichen. In der Nacht hatten wir Musik gehört, getanzt, Spiele gespielt und sind dann irgendwann

eingeschlafen.

Es war toll etwas Verbotenes zu tun und du hattest immer dicht gehalten. Oder, als ich bei einer Schulfreundin übernachtete, daheim nicht Bescheid gab und erst am nächsten Tag gegen Mittag wieder heimkam. Oh, da war unser Vater richtig wütend und ich bekam seinen Zorn zu spüren. Durch die Schläge, die ich erhielt, war ich gegen den Schrank im Flur geflogen. Die Kopfschmerzen, die ich davon trug, nutze ich gleich am nächsten Tag in der Schule aus, um früher nach Hause gehen zu können.

Meine Güte konnte dieser Mann zuschlagen! Wenn ich mir diese Wucht vorstelle, mit der du so viele Jahre misshandelt worden bist, verschlägt es mir heute noch den Atem.

Die Zeit, in welcher unsere Mutter ihren zweiten Ehemann bei uns zu Hause einziehen ließ, hat sich in meinem Gedächtnis als ein totales Desaster eingeprägt. Denn als der Mann kam, zog unser Vater aus. Und dieser Mann besetzte sofort die Stelle unseres Vaters, saß am selben Platz wie er, schlief im selben Bett und schien sich richtig wohl in seiner Haut zu fühlen.

☯

Weil sich das Zusammenleben schwierig gestaltete, nutzte unsere Mutter die Möglichkeit, die schöne große Wohnung gegen zwei kleine zu tauschen. Einerseits war ich froh darüber um mit meinem damaligen Freund zusammenziehen zu können aber andererseits auch sehr traurig. Die Entfernung tat uns allen jedoch gut und ich besuchte euch gerne. Du kamst mich auch immer wieder besuchen, was mich sehr freute, hast mir bei handwerklichen Arbeiten geholfen, denn wir wurden von unserem Vater frühzeitig darauf getrimmt, alles selbst zu erledigen. Wenn wir zur

Selbstständigkeit dann auch noch selbstbewusst gewesen wären, nicht auszudenken, was wir hätten erreichen können.

❧

Mittlerweile bin ich mit meinem Leben fast im Einklang, froh darüber, diesen Weg gefunden zu haben, denn mit jedem Wort das ich über dich zu Papier bringe, gedenke ich deiner. Und zusammen mit meinen Tränen spüre ich gleichzeitig Heilung in mir, nehme meine innere Balance und Stabilität wahr, was sich u.a. an meiner Schlafqualität bemerkbar macht. Ausgeruhter und mit mehr Freude in meinem Herzen beginne ich den Tag. Jahrelang wachte ich früher nachts oft von quälenden Gedanken auf, die mich hinderten, wieder einzuschlafen. Aber je mehr sich diese Seiten füllen, desto mehr kann ich loslassen.

In einer meiner weiteren Ausbildungen zur psychologischen Beraterin beschrieb eine Dozentin ein Bild, auf dem Menschen durch ihre seelischen Verletzungen Wunden davontragen, welche mit Pflastern versorgt werden und heilen. Sie werden später durch Narben ersetzt, manche reißen wieder auf, andere heilen nie und ich stelle mir oft vor, wie jeder Mensch solche Wunden erleiden muss und es möglicherweise niemanden gibt, der davon verschont bleibt. Meine größte Wunde, dein früher Tod, beginnt jetzt ganz langsam zu heilen. Und ich werde gut für mich sorgen, dass die dadurch entstandene Narbe mich an dich erinnert, aber nicht mehr aufreißen muss.

❧

Wenn ich an dich denke, fällt mir zuallererst immer unser gemeinsamer

Weg zum Kindergarten oder in die Schule ein, mit unserem Halt auf der Fußgängerbrücke, sehe uns im Qualm einer drunter durchfahrenden Dampflok stehen, habe den Geruch in der Nase und kann wieder unsere Begeisterung von damals spüren. Und die Aufregung, wenn wir einen kleinen Abstecher in den Gleisbereich machen mussten, um die Schlüssel wieder einzusammeln.

Du bist immer so voller Leben gewesen. Auf Fotos, welche in jüngeren Jahren von dir gemacht worden sind, kann ich deine Freude und den Spaß den du hattest, in deinen Augen wahrnehmen.

❧

Lange überlegte ich, ob ich die Erinnerungen ausschließlich mit Familie, Freunden und Bekannten teilen wollte. Aber dann entschloss ich mich damit an die Öffentlichkeit gehen und auf diesem Weg an dich erinnern. Ich hätte mir ein Grab für dich gewünscht, das zumindest deinen Namen trägt, sichtbar für jeden, dass es dich gab. Von unserer Mutter lies ich mir zeigen, wo du beerdigt wurdest. Auch heute noch stehe ich vor diesem ca. 80m2 großem Rasenstück, mit den vielen anonymen Gräbern und kann nicht begreifen, dass du dort begraben liegst.

❧

Eine Verwandte unseres Vaters betreibt intensive Ahnenforschung und ich erzählte ihr bei einer unserer Begegnungen, dass unsere Mutter viele alte Fotos seiner Familie aufbewahrt und hütet wie ihren Augapfel. Die Verwandte fragte mich, ob es möglich sei einige zu bekommen.
Im Oktober 2016 traf ich mich mit unserer Mutter und fragte sie diesbezüglich. Begeistert stimmte sie zu, dass ich bei ihr daheim die Fotos anschauen und abfotografieren dürfe. Beiläufig erzählte ich ihr von meinem Buch über dich und bat sie um Fotos, Unterlagen, Zeugnisse oder persönliche Dingen von dir, die sie möglicherweise aufgehoben hatte. Sie sagte lediglich: „Ach, mein Kleiner". Als ich einen Tag später bei ihr zu Hause war, ging es ihr nur um die Fotos der Familie unseres Vaters. Sie erzählte voller Stolz, von ihm den Auftrag vor vielen Jahrzehnten bekommen hatte, gut darauf aufzupassen. Dich erwähnte sie mit keinem Wort, was ich staunend zur Kenntnis nahm und mich gleichzeitig sehr

traurig machte. Am 16. Dezember 2016 bat ich sie schriftlich erneut um persönliche Dinge von dir. Sie schrieb zurück, dass sie nicht wisse ob sie überhaupt noch irgendetwas von dir aufgehoben hätte. Daraufhin schlug ich ihr vor, mir stichpunktartig zu schreiben, woran sie sich erinnern würde und vielleicht gäbe es ja auch die eine oder andere besonders schöne Begebenheit, die sie mit anderen teilen möchte. Bis zum heutigen Tag, den 16.10.2018, habe ich diesbezüglich keine Antwort von ihr erhalten.

☯

Es gibt natürlich Vieles über dich was unerwähnt bleibt, weil mir oft nur Bruchstücke einzelner Begebenheiten im Gedächtnis geblieben sind und ich hauptsächlich darüber schreiben wollte, woran ich mich sehr gut erinnere. Ich hoffe trotzdem, dass Menschen die diese Zeilen lesen, sich ein wenig vorstellen können, was du für ein Mensch gewesen bist.

☯

In diesem Sinne lieber René: Irgendwann sehen wir uns wieder. Denn, wie es schon oft in Liedern besungen und Versen niedergeschrieben wurde, ist kein Abschied für immer.

Und zu guter Letzt...

Danke Rainer, du hast mir die nötige Struktur gegeben. Durch deine Kritik und Anregungen ist alles lebendiger geworden.

Meinen Freunden Ulrich-Sven, Gabriele und Christiane danke ich von Herzen für die Korrektur, ihrer Geduld, Unterstützung und Zeit sowie ihrem Bestreben, meine Authentizität zu bewahren.
Ich bin sehr glücklich darüber, solche Freunde zu haben.